集英社オレンジ文庫

威風堂々惡女 10

白洲 梓

JN019560

本書は書き下ろしです。

威風堂々悪女 10

もくじ

威風堂々悪女 10

一章

夜になると、ひんやりとした空気が暗い石の城に満ちた。かつんかつんと響く足音が、雪媛《せつえん》の前にも後にもこだましている。

後ろ手に縛られた雪媛はその音を聞きながら、兵士たちに囲まれ無表情に回廊を進んだ。ゆらゆらとうごめく小さな炎が等間隔に置かれ、通り過ぎていく人間たちの影を引き延ばして黒々と映し出していた。

耳障《みみざわ》りな音を立てて、扉が開く。陰鬱《いんうつ》な広間に、高く据えられた座にオチルが腰を下ろしていた。傍《かたわ》らにはツェツェグが、そしてその後方に京《きょう》が控え佇《たたず》んでいる。

オチルの前に引き出された雪媛は、兵士に乱暴に肩を摑まれると強制的に跪《ひざまず》かされた。

「真にこの者が、神女と呼ばれる女なのか」

オチルは改めて、雪媛の姿をまじまじと眺めた。

「ええ、カガン。間違いございません。そうよね、京?」

自身の功を誇るように胸を張り、晴れがましい様子のツェツェグが侍女《じじょ》に尋《たず》ねる。

「はい。この女は確かに、瑞燕国《ずいえんこく》皇帝の寵姫《ちょうき》であった柳《りゅう》雪媛でございます。私は瑞燕国におりました頃、面識がございましたゆえ間違いありません。父母の名に誓って、真実でございます」

京の声は弾《はず》んでいた。

雪媛を捕らえ、これから思う存分に痛めつけてやろうという興奮からか、瞳は爛々《らんらん》と輝き頬は紅潮している。

「――ふむ」

オチルは納得したように小さく頷《うなず》く。

「認めるか？」

雪媛に向かって、低く尋ねた。

雪媛は傲然《ごうぜん》と頭を上げてオチルを見据えた。

おもむろに、嫣然《えんぜん》とした笑みを浮かべる。

「だから申し上げたではございませんか、カガン。お下がりで満足されるのか、と――」

その不遜《ふそん》な態度に、ツェツェグが不愉快そうに表情を歪《ゆが》めるのがわかった。オチルは少し愉快そうに肩を揺らす。

「なるほど。確かに言うておった」

「カガン！　この女は名も身分も偽《いつわ》りアルスランへやってきました。そのことを左賢王《さけんおう》が知らなかったはずがございません。何故隠《なにゆえ》したのか？　カガンがこの者を所望《しょもう》した際にもかたくなに拒《こば》みました。何故《なぜ》か？　――理由は明白でございます。この女と密約を結び、瑞燕国と手を組んで、カガンに弓を引くつもりであったのです！」

夫の注意を自分に向けさせたいのだろう、大声でツェツェグは言い募《つの》る。

「すぐに左賢王を捕らえるべきでございます！」

しかしオチルは妻の激情とは正反対に、冷静だ。

「今ここですべて告白すれば命は助けよう。柳雪媛……そなたと左賢王の間には、どのような企《たくら》みがあったのか？」

「シディヴァ様は、あなたの御子であり、クルムの次期カガンです」

雪媛は一言ずつゆっくりと、静かに答える。

「何故、謀反《むほん》など起こす必要がありましょうか」

「焦《あせ》ったのでしょう！　アルトゥが成長し、自分の地位を脅《おびや》かすかもしれないと！　族長たちの中には、内心では女である左賢王を快《こころよ》く思っていない者も多い。それでカガンが自分を見放して、左賢王の地位を追われるかもしれないと危ぶんだのだわ！」

雪媛は冷笑する。

「お妃様は、想像力が豊かでいらっしゃいますね」

ツェツェグは眉を跳ね上げた。

「そんな態度をとれるのは今のうちよ！　お前にはこれから、ありとあらゆる責め苦が待ち受けてるんだからねぇ。その澄ました顔を苦痛に歪めて、悲鳴を上げて許しを乞いながら血を流し骨を打ち砕かれるの。カガン、早くこの者を拷問にかけ真実を聞き出すのです！　左賢王を野放しにしておくべきではありません！」

オチルは声高に叫ぶ妻には答えず、「柳雪媛よ」と口を開いた。

「そなたは、かの国では神女と呼ばれていたと聞く。未来を語り、天を操り、呪術を用いて敵国の皇帝の首を切り裂くと。真か？」

「噂話《うわさばなし》には尾ひれがつくもの。残念ながら呪術など使ったことはございません。ただ、祈りを捧《ささ》げることはございます。その祈りを天が聞き届けてくださるかどうかは、私にもわかりません」

「数多《あまた》の予言を行い、的中させたそうだな」

「ほんのいくつかの予言、でございます」

「では訊《き》こう。このクルムは——大陸の覇者となれるか？」

「カガン⁉」

ツェツェグが立ち上がった。

「何を仰《おっしゃ》っているのです！　そのようなことを……」

「神女の託宣《たくせん》とやらを聞いてみたい」

「この女が、そんな大層なものであるはずがございません！　いずれの噂も、ただの風評でございましょう！　どうせ適当なことを言って人心を惑《まど》わしていただけ――」

「少し、黙っておれ」

じろりと睨《にら》みつけられ、ツェツェグは息を呑んだ。夫の態度は思ってもみなかったようで、おろおろと視線を彷徨《さまよ》わせると、悔しそうに腰を下ろす。

「どうだ、神女よ。この国の行く末、儂《わし》の未来が見えるか」

「お知りになりたいですか？」

「答えよ」

「不安でいらっしゃいますか？」

「何？」

「陛下……瑞燕国の前《さき》の皇帝も老いていくにつれ、しきりにそのように私に未来を問いました。弱気になり、不安を口にされ、自分の余命はいくばくかとお尋ねに」

「儂が老いたと言いたいのか」

「クルムはあと数年で滅びるでしょう」

その一言は、広間にいた者すべてをぎょっとさせた。

控えていた兵士たちは密《ひそ》やかにざわめき、互いに視線を交わし合いながらオチルが激昂《げっこう》するのではないかと様子を窺《うかが》っている。

ツェツェグは目を剝《む》き、あえぐような声を上げた。

「お前、な、なんという、なんという不届きな……！」

「ほどなくクルムは力を失い、族長たちは離反し、国としての体裁《ていさい》を失って草原の彼方《かなた》に消え去ります」

オチルは無言だ。

広間の後方から、しわがれた声が響いた。

「カガン、邪言をお耳に入れてはなりません」

カツカツと石の床を叩く音が近づいてくる。香の匂《にお》いを纏《まと》った背の高い老婆が、杖《つえ》をついて進み出た。

烏《からす》の羽のような黒衣、胸の前には大きな丸い銅鏡。見覚えのある恰好《かっこう》だ。巫覡《ふげき》のツェレンそっくりの風体《ふうてい》の老婆は、暗い目を雪媛に向けた。

「異国の忌《い》まわしい魔女の言葉に耳を傾ければ、大地の神が怒り加護を失いましょう」

オチルにゆっくりと歩み寄る老婆を制止する者は、誰もいない。

「モドゥよ、そなたの託宣を軽んじるわけではない。だが儂はこれからこの大陸すべてを我が手にしようとしているのだ。異国の言葉にも得るものがあれば、それを受け入れることを恐れはしない」

その風体から察するに、カガン付きの巫覡なのだろう。痩《や》せ細った老婆は、納得できないというように重々しく頭を振った。

「神の怒りを招きますぞ」

「案ずるな。神にすら打ち勝ってみせよう」

不敵に笑ったオチルに、巫覡は口を引き結んだ。そして、恨めしげに雪媛を睨みつける。彼女の立場からすれば、天の声を聞くという触れ込みの雪媛は目障りなのだろう。巫覡としての彼女の威厳と存在意義に関わる。

「そなたの言う通りクルムが滅びるというならば、原因があるはず。どうすればその未来を断つことができるか、神女なら当然そこまで知っているのだろうな」

オチルに尋ねられ、雪媛は「知っております」と答えた。

「聞かせてみよ」

「お知りになりたいですか？」

「無論だ」

「困りました」

ふう、と雪媛は悩ましげに小首を傾《かし》げる。

「天からの託宣は、軽々と口にすべきものではないのです」

ここまで口にしておきながら、とでもいうようにオチルは笑い声を上げた。

「なるほど、ただでは教えぬか」

雪媛はにっこりと微笑んでみせた。

「私はこれまで、夫たる瑞燕国皇帝のために天の声を聞き、未来を読んでまいりました。……敵国の王に脅されることには、慣れておりませんの」

含みのある口調で、雪媛は挑発的に目の前の男を見上げた。

言わんとすることを察したのだろう、オチルは口の端をわずかに上げた。

「――儂の女になれば、その力を儂のために使うと？」

ツェツェグが我慢ならない様子で再び立ち上がった。

「カガン、この者は命乞いをしているだけでございます！　左賢王の謀反に加担しているのですよ！　寝首を掻く気やも……！」

巫覡の老婆も進み出た。

「私の占《うら》によれば、その女はカガンの運命を変える者。吉か凶か、その先が見通せぬ者。傍《そば》に置くのは危険でございます。耳を貸してはなりませぬ！」

「その色香《いろか》で一国の皇帝を二代に渡り籠絡《ろうらく》したそうだが、それもまた神女の力か？」

「お確かめになっては？」

蠱惑《こわく》的な笑みを浮かべてみせる。

オチルの目の中で、見覚えのある欲の炎が揺れるのがわかった。

「――いいだろう」

おもむろに立ち上がったオチルは、控えていた侍従《じじゅう》を呼び寄せた。

「この者を支度させ、儂の寝所《しんじょ》へ」

その命令に、ツェツェグが青い顔で息を呑むのがわかった。オチルはそのまま、奥の扉から姿を消してしまう。

雪媛は兵士に引っ張り上げられると、女官に引き渡された。

ちらりと京の様子を窺う。雪媛を焼き尽くしてしまいそうな目で、こちらを睨んでいた。拷問《ごうもん》にかけられ泣き叫ぶ雪媛を眺めるつもりだったのが、予想外の展開にぎりぎりと歯嚙みしているのだろう。

巫覡は暗い表情で、ぶつぶつと何事か低く呟《つぶや》いている。呪文を唱えているようだった。雪媛を呪おうとでもいうのだろうか。

まだ何も安心できない。

ほんのわずかな失敗が、自分の首を絞めることになる。

女官に伴われて回廊を進みながら、ふと、菊花茶《きっかちゃ》の香りが幻の中から湧き上がってきた気がした。

（物に、なる――）

以前はそれができた。

しかし今は、なぜかひどく難しい気がした。


「どうして……なぜこんなことになるの！」

自室へ戻ると、ツェツェグは京に当たり散らした。

雪媛を捕らえたことでオチルから功を労《ねぎら》われ、シディヴァが捕らわれて裁かれ、そしてついに息子のアルトゥが左賢王の座につく――そういう算段だったのだ。

京は興奮している主《あるじ》とは正反対に、じっと押し黙っていた。しかし内心では、憎しみと怒りが渦巻いている。

(柳雪媛……どこまでも目障りな女)

血管が浮き出るほど、きつく拳を握りしめた。

(あの女がカガンに気に入られ寵姫となってしまえば、手を出すのは難しくなる。そうなれば、あの女の口車に乗せられたカガンに、私が処刑されてしまうかもしれない)

なんとかしてそんな事態は阻《はば》まなくてはならない。雪媛とオチルを引き離さなくては。

ツェツェグは激昂し、顔を赤くして手を振り回している。

「シディヴァを追い落とすはずが、これではただカガンに夜の相手を紹介しただけじゃないの！　あの女、カガンに色目を使って命乞いをするなんて、どこまで卑《いや》しいの……！ああ、まったく！」

彼女の振り回した手が近くにあった燭台《しょくだい》に当たり、甲高《かんだか》い音を立てて床に倒れる。

興奮したツェツェグは、肩で息をしながら項垂《うなだ》れた。

「ツェツェグ様、今すぐあの女を、カガンの部屋から追い出すのです」

「そんなことをすれば、カガンの不興を買うのは私よ！　今までだって、新しい女を傍に置くことに不満を漏《も》らすと、カガンはひどく怒って私を遠ざけたわ。だから仕方なく、幾人もの女を囲うのを黙って見てきたのよ……！」

「これはこの国のためでございます。あの女に魅入《みい》られた男は皆、魂を抜かれて言いなりになってしまうのです。瑞燕国の皇帝が二代にも渡ってあの女に操られたのですよ。カガンもまた、そのようになってもよいのですか。もしそうなれば、柳雪媛は邪魔な者を始末しようとするでしょう。瑞燕国の後宮《こうきゅう》では、皇后は毒殺され、かつての寵姫は幽閉《ゆうへい》されました。いずれもあの女の仕業《しわざ》に違いありません。……このままでは、ツェツェグ様の御身《おんみ》が危うくなります」

京の言葉に、ツェツェグはひくりと喉《のど》を鳴らし、顔を上げて不安をにじませた。

「だけど、どうすれば……」

「私に考えがございます。どうか、このようにカガンに申し上げてください……」

京の言葉に、ツェツェグは息を詰めて耳を澄ました。

雪媛が連れていかれたのは、大理石の大きな湯舟が据えられた浴室だった。縄を解かれると衣《ころも》を脱がされ、女たちの手で爪の先まで磨かれる。されるがままになりながら、雪媛はそっと目を瞑《つぶ》った。

（何も感じない……ただの物。これは私じゃない……）

言い聞かせるように、何度もそう心の中で唱える。

これまでも、幾度もそうしてきたのだ。

浴室を出ると、白く薄い夜着を纏わされた。化粧を施《ほどこ》され、髪を梳《くしけず》られる。

途端に、青嘉《せいか》が髪を梳《す》いた時の感覚が蘇《よみがえ》ってきた。

(思い出すな)

ぎゅっと拳を握りしめる。

首元に香油が塗られると、鼻先を甘い香りが掠《かす》めた。

坦々《たんたん》と準備は進み、流れ作業のようにオチルの寝室へと誘《いざな》われる。こうしたことは、よくあるのだろう。慣れた様子の女官たちは雪媛を残して退出し、静かに扉を閉めた。

天井から大きな布が天幕のように吊るされ、まるでユルタの中にいるような感覚に陥《おちい》った。足元には獅子《しし》と黒貂《くろてん》の毛皮、あちこちに瑠璃《るり》や玻璃《はり》、青花《せいか》磁器が並び、卓の上には金器銀器が据えられている。奥には大きな寝台が、存在感を持って鎮座《ちんざ》していた。

ひとりで酒を飲んでいたオチルは、雪媛が姿を見せると杯を差し出した。

「酌《しゃく》をせよ」

雪媛は無言のまま、酒壺《しゅこ》を手に取る。

中身は葡萄酒《ぶどうしゅ》だった。好みはシディヴァと似ているのだなと思った。

オチルは高坏《たかつき》に盛られた乾酪《かんらく》をつまみ、口に含む。ゆっくりと咀嚼《そしやく》しながら、酒を注ぐ雪媛をじっと眺めていた。

「瑞燕国の者から見て、このアルスランはどうだ。遅れた未開の地か」

「大変活気のある華やかな都です。天高く伸びる竹のような、生命力と勢いを感じます。何より、大陸をつなぐ要《かなめ》……世界への窓のように感じられました」

これは嘘偽りのない感想だった。

オチルは雪媛の言葉に満足そうに頷くと、葡萄酒をぐいと呷《あお》る。

「ここまで来るのに長い年月がかかった。得たものもあれば、失ったものも多い。だがようやく国としての形が整い、他国と対等になれる力を持ち始めた。中でもこの都は儂の宝だ。このアルスランを中心として、世界を我が足下に平らかにする」

だが、と巴旦杏《アーモンド》を手に取り、指先で弄《もてあそ》ぶ。

「この国が滅ぶと、そなたは申した」

「はい」

「儂がすべてをかけて築き上げた、このクルムが」

「はい」

「お前とシディヴァが滅ぼすのか。この国と――儂を」

雪媛は居住まいを正した。

こうして相対《あいたい》してみれば、オチルはさすがに一代でこの国を築き上げた男であった。風格と威厳を備えたこの王者に、自分は礼節を持って接するべきであると思った。

「カガン。私は内乱で混乱する瑞燕国を身一つで脱出した際、偶然にシディヴァ様に命を救われた縁でここにおります。私自身、瑞燕国とはもう何の関係もない人間です」

ゆっくりと淡々と、雪媛は語った。

「すぐ近くで見ていればわかります。シディヴァ様はカガンを敬い、カガンのために兵を動かし、カガンに尽くそうとしていらっしゃいます。決して、謀反など企んではおりません」

「そうか」

オチルは手にした巴旦杏を、皿にからんと音を立てて戻した。

「——先ほど、シディヴァを捕らえるよう命を下した」

雪媛は息を詰めた。

目の前の男が一体今なんと言ったのか、と耳を疑う。

驚いている雪媛に、オチルは少し満足げな目を向けた。

「……何故です」

「そなたがすべての罪を自白したからだ。シディヴァと共謀し、この国を乗っ取ろうと企んだ」

「そのようなこと、口にした覚えはございません」

「儂は聞いた。この寝所で、儂の女となったそなたからな」

「そんな嘘を――」

「大義名分が立ちさえすればよいのだ。事実など、些末《さまつ》なことよ」

「……カガン、あなたは……！」

雪媛を拷問して、証言を得るつもりだと思っていた。しかし、それすら必要としていなかったということなのか。

それほどに、彼の中でシディヴァの裏切りは決定的な事実ということなのだ。

雪媛は慎重に言葉を選んだ。

「シディヴァ様はカガンの実の子。そしてあなたの跡取りです。そう定めたのはあなたご自身のはずでは？」

「そうだ。あの時は――それが最善と思うた」

「今は、違うのですか」

「情勢によって、判断は変わるものだ」

「……それほどに信じることができぬのですか。父のために戦場を駆け回り、誰より大きな武功を挙げた娘を」

「そなたは瑞燕国の皇帝たちを裏で操ったと聞くが……やはり、それまでよな」

皮肉っぽく口の端を片側だけ吊り上げて、オチルは呟いた。

「儂には、お前の託宣を求めた皇帝の気持ちが理解できる。そなたは、そんなものは老いぼれの弱気な戯言《たわごと》と思っているかもしれぬがな」

今頃、宿営地《しゅくえいち》は兵に囲まれているのだろうか。シディヴァは、青嘉は、純霞《じゅんか》たちはどうなるのか。

今すぐにここを飛び出していきたかったが、必死にその衝動を抑えた。じりじりとした気分でオチルの話に耳を傾ける。

「これはな――病《やまい》だ」

「病？」

「為政者がかかる病だ。薬はない」

オチルは、どこか遠くを見るような目をしている。

「玉座《ぎょくざ》に座れば、わかる」

その目が、鈍《にぶ》く暗く、澱《よど》んだ光を帯びた気がした。

「古今東西、恐らくどんな帝王も逃れることはできぬ。瑞燕国の皇帝とも、膝《ひざ》を突き合わせて話してみたかったものだな」

葡萄酒を飲み干すと、舌でぺろりと口の周りを舐《な》めた。

「シディヴァに謀反の意志などない……そうであろうな。そんなことは、わかっている」

「わかっている？」

「儂はあやつの父親ぞ。昔からシディヴァは、儂に認められたがっていた。お前は女なのだから嫁に行けと言うと、顔を真っ赤にして怒ったものだ。戦場に出てからは、常に先陣を切っては勝利をもぎ取ってきた……」

だが、とオチルは呟く。

「重要ではないのだ、そんなことは」

オチルの表情は一見冷静だ。

しかしその声は、徐々に熱を帯び始めた。

「誰もがあやつを誉《ほ》めそやす。族長たちも、民《たみ》も。儂よりもシディヴァを讃《たた》え、認める。シディヴァの下に集《つど》う。――そうだ、確かにあやつには王者の器《うつわ》がある。覇王の器だ。偉大な王になるだろう。それは、誰よりも儂が一番よくわかっている！」

握りしめた拳が、震えていた。

「シディヴァは、今すぐにでもすべてを手に入れることができるのだ。できる——できるのだ。その事実！　あやつがほんの少し、何か小さなきっかけで思い立てば……誰かが唆《そそのか》し、その気になれば！　……その事実が、それだけで、儂は常に喉元に刃《やいば》を突きつけられている……！」

どん、とオチルは拳を卓に叩きつけた。

「儂より若く、儂より強く、儂よりも皆に慕われ、儂よりも長く生きる……これほどの脅威が、他にあるのか？」

唐突に、暗い予感が這《は》うように足下に忍び寄ってくる。

雪媛は思い返していた。

アルスランへやってきてから、シディヴァの身に起きた出来事。

そこにはいつもオチルの姿があり、そして彼は——その場を支配する者だった。

「シディヴァ様の馬を暴れさせたり、食事に毒を入れたのは……」

雪媛は問いかけるように、視線を投げかけた。

オチルは、何も答えなかった。

ただゆっくりと、雪媛に暗い目を向けた。

その、底の見えない闇の色。

「――カガン」

雪媛は跪いた。

「カガンにとって、シディヴァ様は娘であり有能な後継者であり、何よりカガンの野望を実現するためには欠かせぬ人材であるはず。自らの手で、最高の矛《ほこ》と盾《たて》を打ち砕こうというのですか」

オチルは、自《みずか》らを落ち着かせるように深く息を吐いた。

だが、答えはない。

「シディヴァ様を、罪人として処刑されるおつもりなのですね」

「謀反人は首を刎《は》ねると決まっておる」

「実の娘を殺せば、やがて必ず、後悔なさいます」

「必要なことなのだ。クルムの安寧《あんねい》のために」

「――私は、生まれたばかりの赤子を殺したことがございます」

オチルが怪訝《けげん》そうに眉を寄せた。

「そなたの子か」

「いいえ。ですがいずれ、私に害をなすと判断したので、命を奪いました。そうすることが正しいと判断し、何よりそうしなければ永遠に、私の心に平安は訪れないと思いました。

惨《むご》い仕打ちとわかってはいましたが、手を下しました。後悔はしないと、誓っていました。

今のカガンと同じように」

あの時、雪媛に迷いはなかった。

必ずその息の根を止めなくてはと思った。

「……ですがその結果、私に心の平安は訪れませんでした。今でも、あの赤子の泣き声が耳に響き、夢にうなされます。その罪はどこまでも私を追いかけてきて、放しません」

オチルはじっと手元の杯に視線を落とし、口を開かない。

「カガンはまだ、引き返すことができます」

寝室に静寂《せいじゃく》が満ちた。

「……言ったであろう」

オチルがぼそりと呟いた。

「薬のない病なのだ」

そうして立ち上がると、上着を脱ぎ捨て寝台へと向かう。

「来い」

「このままでは本当に、クルムは滅びるでしょう」

オチルの足が止まる。

「シディヴァ様はまもなく亡くなられる――私はそれを知っております。私が見た未来が、そうであったからです」

「儂が殺すと、わかっていたというのか」

「誰が命を奪うかまでは、あずかり知らぬこと。ですが、シディヴァ様が命を落とすことで、クルムは急速に弱体化するでしょう。国内は混乱し、属国は離反、あるいは反乱を起こし、激しい内乱となりましょう。やがてカガンも討たれ、国は滅びる――それが、天の声を聞いた私の予言です。だからこそ、その運命を回避すべく、シディヴァ様の命を救う方法はないものかとずっとその術《すべ》を探っておりました。そして私は今、その運命を変える鍵を前にしているのです」

ひたとオチルの眼を見据える。

「どうすれば破滅の未来を断つことができるかと、カガンはお尋ねになりました。これがその答えでございます。――シディヴァ様の存在こそが、この国の未来に繋がるのです」

オチルは低く吠《ほ》えるように笑った。

「見ろ！　やはり誰もが……運命でさえ、天の声さえも、シディヴァの名を叫ぶのだ！」

小さく肩を揺らしながら、オチルは寝台に腰かけた。

「儂ではなく、シディヴァをな……」

　雪媛はそっと視線だけを、周囲に巡らせた。

　剣が壁に三振りかかっている。しかしいずれも相当な重量がありそうで、雪媛には扱えそうになかった。

　卓の上に置かれている食事用の小刀なら、隙《すき》を見て喉を突けるかもしれない。あるいは寝台の横に飾られた壺を叩きつければ――。

「あの話も、嘘だったのか?」

　オチルは思い出したように言った。

「……なんのことでしょう」

「そなたが結婚するという話だ。ジェティゲンを弾《ひ》いていたあの男と」

　思い出すまいとしていた、青嘉の顔が浮かんだ。

「ああ……」

(物になれ)

「あれは、シディヴァ様が機転を利《き》かせてくださったのです。あの男は、ただの護衛です」

「――そうか」

　オチルは顎《あご》を摩《さす》る。

「シディヴァを捕らえるよう命じた時、もうひとつ指示を出しておいた」

その口元には、なんとも言えない笑みが浮かんでいる。

「あの男を、殺さずこの部屋へ連れてくるようにな」

静かに、雪媛は息を止めた。

「そなたが儂の女になるところを、近くでよく見せてやろうと思うてな。さて、そろそろ来る頃合いだろう。余興のつもりであったが、当てが外れたか」

わずかに青ざめた雪媛を、オチルは愉快そうに眺めている。

「どうした。人に見られるのは嫌か？　そういう楽しみ方もあるぞ。瑞燕国の皇帝たちは知らぬのか？」

オチルに腕を摑まれ、雪媛は寝台に引きずり込まれた。

「……っ！」

のしかかってきた男の手が身体を這い、薄い衣を剝《は》ぎ取ろうとする。

ぞっとした。

物になればそんな感覚はなくなるはずなのに、今の雪媛は人間のままだった。

押しのけようとするが、あっけなく組み伏せられてしまう。

「どうした。皇帝を二人も虜《とりこ》にしたという房中術《ぼうちゅうじゅつ》を見せてみよ」

触れられると、自分が身体ごと虚《うつ》ろになる気がした。以前ならそれを、どこかで意識を断ち切って他人事《ひとごと》のように見つめることができた。そうなればもう痛みも苦しみも、何も感じずにいられた。

だが今は、それができない。

男の不快な手の感触より、その事実に恐怖した。

(青嘉――)

青嘉のせいだ、と思った。

自分は変わってしまった。

自分を守る、唯一の方法を失ってしまったのだ。

視線の端に、卓上の小刀が映る。

あれをこの男の首に突き立てることはできるだろうか。手を伸ばしても届かない。

焦燥《しょうそう》に駆られた思考の中で、扉を叩く音を聞いた。

「観客が来たか。入れ」

雪媛は息を呑んだ。

(嫌、だ――)

ゆっくりと開く扉を、呆然と見つめた。

しかしその暗い隙間から現れたのは、青嘉ではなかった。

険《けわ》しい表情のツェツェグと、彼女に従う京だ。

ツェツェグは寝台の上でもつれ合う二人を目にして、ぎゅっと眉を顰《ひそ》めた。

「――そなたか」

自分の妻の姿に、オチルは嘆息《たんそく》した。

「カガン、お話がございます」

「見てわからぬのか。出ていけ」

「いいえ、今聞いていただかなくては！」

「ツェツェグ、わきまえよ」

「カガンの野望を実現させるため、そしてこの国の更なる発展のための、最上の献策をさせていただきたいのです。――その女の、最も効果的な使い方について」

ツェツェグが侮蔑《ぶべつ》を込めて雪媛をねめつける。

「お時間は取らせませんわ。それをお聞きになってからでも、まだ夜は長《なご》うございましょう」

互いに一歩も引かぬ様子で対峙《たいじ》するこの二人は、夫婦というよりも『君主』と『息子の母』だった。互いの目に、親愛の情といったものを見出《みいだ》すことはできない。

やがて、覆《おお》いかぶさっていた重みが消えた。

オチルは身体を起こし、寝台に腰かけてツェツェグに向き合う。

「――それで?」

自分の言葉に耳を傾けようとするオチルの様子に、ツェツェグは少し気をよくしたようだった。わずかに笑みを浮かべる。

雪媛は乱れた衣を掻き合わせ、彼らの様子を注意深く見守った。

隙があれば武器を手に取ろうと、さりげなく身構える。

「現在瑞燕国では二つの朝廷が並び立ち、それぞれに我《われ》こそが正統であると主張しているとか。そして、消えた神女を手にした者が天命を受けこの戦いを制するという流言が飛び交い、互いに血眼《ちまなこ》になってこの者を探しているそうにございます」

どうでしょう、とツェツェグは言った。

「ここにその、噂の神女がいるのです。またとない好機ではありませんか。この女の身柄を渡すと申し出れば、瑞燕国の者たちは目の色を変えて飛びつくでしょう。どんな条件でも呑むはずです。例えば――領土の割譲《かつじょう》」

オチルはくだらない、というように苦笑いを浮かべた。

「儂がいくばくかの土地を得て、喜ぶとでも思ったか。そんなもの、我が軍勢をもって攻め入ればすぐに手にすることができる」

「もちろんですわ。ですからこれは、布石《ふせき》にすぎません。獲得した土地ならば、誰憚《はばか》ることなく軍を進めることができます。そこを南方攻めの拠点とするのです。物資の運搬、食料の調達、いずれも格段に容易になるでしょう」

「…………」

オチルは無言のまま、先を促《うなが》す。

「瑞燕国内は分裂し、混乱の最中《さなか》でございます。この状況を利用しない手はございません。勝手に潰《つぶ》し合わせればよいのです。疲弊《ひへい》し弱体化したところに攻め込めば、勝利は容易《たやす》いのでは？」

ツェツェグの後ろで、京は無言のまま控えている。しかしその目は、じっと暗く雪媛に向けられていた。

「交渉するとなれば、浙鎮《せっちん》の朝廷がよろしいでしょう。より優位に事を運べるはずです。そちらにいる皇帝は、この女の夫ですから。そして交渉の際には、この女を渡すだけでなく、クルムから援軍を差し向けると約束するのです。彼らは今、何より兵を求めているのですから断りますまい。そうすれば我らが軍勢を、さらに瑞燕国の奥深くまでなんの抵抗も受けずに送り込めます。都がたの朝廷を潰し、油断したところで我らが一気にすべてを手に入れる……いかがです？」

オチルはゆっくりと顎髭《あごひげ》を撫でた。

「瑞燕国に対する勝利は、南方攻めの第一歩に過ぎないと存じております。だからこそ味方の被害を最小限に抑え、効率的に進めることができれば、その後の展開も円滑になると推察いたしますわ」

「――そなたのように戦《いくさ》のなんたるかも知らぬ者が、よくも机上《きじょう》の空論《くうろん》をこねくり回すものよな」

その言葉に、ツェツェグははっとして顔を赤らめた。

「カ、カガン……」

「なんぞ入れ知恵でもされたか。小賢《こざか》しいことを」

「私は、カガンとクルムのことを考えればこそ……」

「そなたの考えなどわかりきったことよ。アルトゥを後継ぎに据えたい、儂がほかの女に入れ込むのが気に食わない。――それだけであろうが」

「カガン、私は」

再び、扉を叩く音が響いた。

「カガン、よろしいでしょうか」

「入れ」

顔を見せたのは鎧《よろい》を纏った男だった。今度こそ青嘉が連れてこられたのか、と思い雪媛はぎくりとする。

しかし、彼の後に続く人影はなかった。

男は険しい表情で膝をつく。

「連れてきたか？」

尋ねられ、男はわずかに震えたようだった。

「……ご報告いたします。左賢王の宿営地はすでにもぬけの殻《から》。左賢王も、指示のございました南人《なんじん》の男の姿もございませんでした。急ぎ追跡させておりますが――」

オチルは立ち上がると、無言で男を頭から蹴り飛ばした。

「……っ！」

床に伏した男は呻《うめ》き声を漏らし、苦悶《くもん》の表情を浮かべながら顔を上げた。

「……さ、左賢王は、自領に戻ろうとしていると、思われます……！」

「監視しておくよう命じたはずだぞ！　何故今まで気づかなかった！」

「い、幾人かの族長が、協力したようでございます。一見、宿営地に左賢王がいるかのように偽装《ぎそう》されており……！」

「すぐにタルカンを呼べ！　協力した者はすべて殺せ！　シディヴァを逃がすな！」

「――はっ！」

男が慌《あわ》ただしく寝室を出ていく。

オチルの殺気張《みなぎ》る形相《ぎょうそう》は、見る者を戦慄《せんりつ》させた。

ツェツェグは息を詰めて青ざめ、数歩後退《あとずさ》る。

自分を律するように卓の前に座り込んだオチルは、酒を注いで無言で飲み干した。

「申し開きもせずに逃げるか……」

低く呟く。

「や、やはり左賢王には、謀反の企みがあるのです！　後ろ暗いところがあるから、こそこそと逃げたりするのですわ！」

ここぞとばかりにツェツェグが言い張った。

そんな妻を、オチルはじろりと睨みつける。

「ツェツェグ」

「は、はいっ……」

「そなたの浅知恵も、悪くないかもしれんな」

「は……？」

「誰かおるか」

オチルが声をかけると、兵士が数名入ってきた。

「この女を牢へ入れておけ」

そう言って指したのは雪媛だった。

「瑞燕国へ引き渡す人質だ。傷はつけるな」

「！　カガン……！」

ツェツェグがぱっと表情を明るくする。

「シディヴァが瑞燕国と手を組めば厄介だ。先にこちらがかの国を押さえる。――川を下り、海路から南へ向かわせれば陸を行くより数段速い。勅使《ちょくし》を立て、すぐに交渉を始めさせろ」

立ち上がろうとしたオチルは、酔いのせいか少し足下をふらつかせた。

壁にかけられた剣を手にすると、寝台の上の雪媛を見据える。

「――儂のクルムは、滅びぬ」

言い捨てると、オチルは大股《おおまた》で寝室を後にした。

兵士に連行される雪媛を、京が密やかに笑いながら見送った。

「ああ、京。上手《うま》くいったわ！　お前のお蔭よ！」

ツェツェグは、喜色を浮かべて飛びつくように京の手を取った。

「これでシディヴァも終わりね！　そうなれば左賢王の座が空く。……アルトゥこそが、未来のカガンよ！」

興奮しているツェツェグに、京は落ち着くようにあえて冷静に答えた。

「はい、ツェツェグ様。ですが、まだタルカン様がいらっしゃいます」

「ああ」

ツェツェグは馬鹿にしたような笑みを浮かべた。

「シディヴァを亡き者にすればあなたが左賢王よと散々囁《ささや》いてやったのに、あの男ったら全然耳を貸さなかったわね。私が協力してあげると言ったのに、馬鹿な男。野心もなにもないのよ。きっと、カガンがアルトゥを左賢王にすると宣言すれば、拒んだりしないわ。――そのうち、あの男の皿に極上の毒を盛ればいい」

にたり、と笑う。

「そうだわ、京。何か望みがあるならおっしゃいなさいな。お前には褒美《ほうび》をたんとやらないとねぇ」

「ではツェツェグ様、ひとつお願いがございます」

「なぁに？」

京は瞳を輝かせて、身を乗り出す。

「柳雪媛の身柄を瑞燕国まで護送するお役目、私に任せていただけないでしょうか？」

二章

郷《ろう》は眠っていた。

傍《かたわ》らに心地良いぬくもりを感じると、自然と口元に笑みが浮かぶ。

寄り添う狼の胸が規則的に上下している。瞼《まぶた》を閉じたまま、ただその脈動を感じ取る。

小郷《しょうろう》と名付けた自分の分身。自《みずか》らが親を奪った代わりに、その手で育てた小さな狼。唯一の友だちで、家族。

小郷が幼い頃は郷が抱《かか》えるようにして眠り、成長してからは郷が小郷に抱かれるように寄り添って眠った。

父が死んだ日も、小郷が傍《そば》にいてくれた。

(生きちょったがか)

そう、手を伸ばしたつもりだった。

瞼を開いた郷は、そのままぼんやりと横たわっていた。

触れた先には、冷たい土しかない。

昨夜野宿したのは、大きな木の根元。朝日が差し込んでくると陽光の暖かさが頬を包み、指先の土の冷たさと対照的だった。

自分の傍らにいると思った狼の姿は、どこにもない。

時折、こうして小鄭が傍にいるような気分になる。そして、やっぱりいないのだとその度《たび》に確認する。

――命が尽きても、魂がずっと傍におるもんじゃ。

死んだ母のことを尋《たず》ねた時、父はそう言った。しかし目に見えることのない魂とやらを、鄭はあまり信じる気にはなれなかった。会ったことのない母親は、恋しがるには遠すぎた。

だが父が死んでからは、その考えは少し変わった。時折ふと、近くに父の存在を感じる時があった。

だから小鄭が死んだ時、きっとその魂が傍にいてくれるのだろうと素直に思えた。

（やけんど、やっぱりもうおらん）

あの毛並みに顔を埋《うず》め、包まれるようにして眠ることはもう二度とない。

そんなことを考えてしまうのは、ここ最近ずっとひとりでいるからだ。

雪媛《せつえん》に出会って人の住む世界に足を踏み出してからは、こういうことはあまり考えなかった。雪媛がいたし、秋海《しゅうかい》がいたし、青嘉《せいか》も潼雲《どううん》もいて、柑柑《かんかん》とそれから――芳明《ほうめい》がいた。

「ふむ」

ぱっと上半身を起こし、大きく伸びをする。

「行くかの」

弓と矢筒を背負い、剣を手にした瑯は歩き始めた。

目的地は都を出てすぐの、小さな町の外れ。畑を抜けていった先の林、その奥に一軒の小さな家が佇《たたず》んでいた。

こぢんまりとしているがなかなか立派な塀《へい》に囲まれていて、造りも凝《こ》っている。金孟《きんもう》の情報では、これは唐智鴻《とうちこう》の所有する家屋だった。最近購入したものだという。

瑯は門を叩いた。

返事はなく、しんと静まり返っている。

扉を押すと、軋《きし》んだ音を立てて開いた。

注意深く中を覗《のぞ》き込む。

人の気配はない。

家の扉は不用心にも開きっぱなしだった。中に入ると、主《おも》だった荷物は持ち出した後という風情《ふぜい》でひどくがらんとしている。

ひとつひとつ、部屋を覗き込んで確認していく。

庭に面した部屋の扉には、外側から大きな鍵が取り付けてあった。しかしそれも外れていたので、足音を忍ばせて室内に踏み入る。

染《し》みついたような薬の匂《にお》いがした。大きな寝台、置かれたままの水差し、女物の鏡台や櫛《くし》がそのままになっている。

庭に出て、改めてあたりを見回す。

住人はすでに、どこかへ去ってしまったらしい。

瑯は門を潜《くぐ》って元来た道を戻り、途中にあった畑で作業をしている農夫に声をかけた。

「少し、尋ねたいのだが。あの林の向こうに家があるが、住人はどこかへ引っ越したのか？」

農夫は少し怪訝《けげん》そうな顔をして、「さぁ」と言った。

「いつの間にかいなくなってたね。確か、都で騒動が起きたあの頃――その後くらいだったかな」

「どんな住人だったか、知っているか」

「……あんたは？」

怪《あや》しむようにじろじろと眺められる。

「人を探している。――仙騎軍《せんきぐん》の者だ」

その名に反応し、男は少し居住まいを正した。

「強面《こわもて》の男たちがいつも出入りしていて、怖くて誰も近づかなかったよ。いかにも金持ちそうな男がよくその道を通っていってたのと、あとは使用人らしき女をたまに見かけたなあ」

「そうか……」

瑯は礼を言って、その場を離れた。

あの鍵のついた部屋には女がいたはずだ。そして部屋に残っていた薬の匂い。その女は怪我《けが》をしていたのだろう。

それが、皇帝が都を脱出してから後《のち》、姿を消した。

足早に街道へと向かった。

唐智鴻が何か知っているに違いない。

瑯はそのまま都を目指し、唐智鴻の屋敷を訪ねることにした。しかし、結果的にこれは徒労に終わった。すでに唐家は一族揃《そろ》って都から姿を消し、家屋敷は環王《かんおう》の臣下のものになっていたのだ。

智鴻は浙鎮《せっちん》の、碧成《へきせい》の側近《そばちか》くにいるらしい。

もともと浙鎮から来た卿は、どうやらとんだ無駄足を踏んでしまったらしい、と頭を掻いた。戦場から帰って浙鎮へと辿《たど》り着いてすぐに、飛蓮《ひれん》から芳明が行方《ゆくえ》不明と聞いて飛び出してしまったので、情勢がよくわかっていない。

「神女様が、もうすぐ浙鎮にお出ましになるそうだぞ」

そんな噂話《うわさ》を耳にしたのは、浙鎮へ急いで戻ろうと都の大通りを歩いている時だった。

気になって足を止め、耳を澄ます。卿の耳は常人とは比べ物にならぬほど、遠くの音までよく拾う。噂話をしているのは、小さな店先に集まった数人の男女だった。

「神女様の傍にいつも侍女《じじょ》がいただろう。ほらすごい美人の。あの侍女は神女様と一緒に姿を消していたんだが、最近浙鎮の陛下のもとに現れてお仕《つか》えしているんだそうだ」

「神女様は死んだって聞いたけどな」

「馬鹿ね、死ぬわけないでしょ」

「そうそう。地上の争いに耐えきれず、天に帰られたって話だ」

「帰ったのに浙鎮にいらっしゃるのか？」

「先触れとして、自分の侍女を使いに寄こしたんだよ。陛下のもとにお戻りになって、環王様をそのお力で倒し、都を奪還するつもりだとか」

「本当かい？　誰に聞いたのさ、それ」

「浙鎮から来た商人だよ。確かにその侍女を見たんだって」

「へぇ。神女様が戻ってきたら、都も以前のように平穏になるのかねぇ。環王様ときたら、また税をさらに増やすと仰《おお》せだ。これじゃあ私らみたいな庶民は、暮らしていけないよ……」

「――おい！」

瑯は噂話に興じる都人《みやこびと》たちに声をかけた。

「その噂、いつ聞いた？」

突然現れた瑯に困惑《こんわく》しながら、商人から聞いたと話していた男がたどたどしく答えた。

「え、ええ？　えーと、昨日……」

「本当に、柳《りゅう》雪媛の侍女が、浙鎮に？」

「そう聞いたけど」

瑯はぱっと身を翻《ひるがえ》すと、勢いよく駆け出した。

その場に残された人々は、あれは一体なんだろう、と怪訝そうな目を彼の背中に向けていた。

天祐《てんゆう》はじっと身を固くして、馬車に揺られていた。

彼をこの馬車に乗せた見知らぬ男は、向かいに座ってうとうとしている。手には小刀が握られたままだ。

志宝《しほう》かと尋ねられて、天祐は恐る恐る頷《うなず》いた。本物の志宝を逃がさなければならない。だから男は、天祐を志宝だと思っている。そして今天祐は、彼にかどわかされてどこかへ連れていかれようとしていた。

殺されるのだろうか、いや殺すならとっくに殺しているはずだ、と天祐は考えた。やはり身代金《みのしろきん》を要求するつもりなのだろう。しかし本物の志宝ではないとわかれば、ただでは済まないかもしれない。

（どこへ行くんだろう……）

外の様子を見ることはできなかった。馬車は夜通し走り続けた。

「――着いたぞ。降りろ」

いつの間にか眠っていた天祐は、男に揺り起こされた。

瞼をこすりながら馬車を降りると、朝の明るい光に照らし出された立派な屋敷の門が聳《そび》え立っていた。ここはどこなのか、ときょろきょろ周囲を見回すが、見知らぬ街の中ということしかわからない。一体、都からどれほど離れた場所まで来たのだろうか。

(帰れるかなぁ……)

門が開き、中から出てきた男に引き渡された。

「こちらへどうぞ」

と妙に丁寧《ていねい》な口調と素振りで、屋敷の中へと案内される。

目を丸くしながら、その見たこともない大きく豪華な屋敷をしげしげと見回した。こんなところに住んでいる人間が、わざわざ身代金を要求するのはおかしい気がする。

(手に入れた身代金で、こんな贅沢《ぜいたく》をしてるのかな?)

「旦那様、王《おう》志宝殿がご到着です」

「――ああ、来たか」

通された部屋で天祐を出迎えた男は、にこやかな微笑みを向けてきた。

天祐は警戒した。旦那様、ということはこの家の主人であり、この誘拐を仕組んだ張本人に違いない。

「やぁ志宝。会うのは初めてだね。私は唐智鴻だ。わが家へようこそ」

一見、優しそうな男だった。しかし騙《だま》されないぞ、と天祐は思った。子どもを攫《さら》う大人がまともなはずがない。

「今日からここが君の家だ。遠慮せずにゆっくり過ごしてくれ」

「……僕をどうするつもり？」

智鴻は少し驚いたように瞬《まばた》いた。

「うん？」

「親に身代金を要求するの？　それとも、僕をどこかへ売るつもり？」

するとと智鴻ははは、と笑った。

「ああ、すまないね。使用人がきちんと説明していなかったのかな。私は君のお母さんの珠麗《しゅれい》とは、従兄弟《いとこ》にあたるんだ。おじさんと呼んでくれていいよ。しばらく君を預かってほしいとお母さんに頼まれたんだよ。都は今、いろいろと物騒だからね。だが、ここなら安全だ」

親しげに天祐の頭をぽんぽんと叩く。

（志宝の親戚……？）

本当だろうか、と天祐は疑った。

どこからか、きゃっきゃと楽しそうな声が響いてくる。智鴻が「ああ」と声を上げた。

「娘たちを紹介しよう。君にとっては又従姉妹《またいとこ》だ」

こちらへ、と誘《いざな》われ、天祐は警戒しつつも彼の後についていく。このまま牢屋にでも連れていかれるのでは、と危ぶんだが、案内された先には中庭で遊んでいる女の子の姿があった。

「お前たち、お兄様が来たぞ」

声をかけられた女の子は、優美な毬《まり》を手に興味津々《しんしん》の目を天祐に向けた。彼女の傍には乳母《うば》に抱えられた女の子がもうひとり。

「蝶凌《ちょうりょう》と瑞季《ずいき》だ。蝶凌は五歳、瑞季は二歳。君より年下だから、妹だと思って可愛がってくれると嬉しい。ほら、志宝兄様にご挨拶《あいさつ》しなさい」

蝶凌は満面の笑みを浮かべて駆け寄ってきた。

「はじめまして、お兄様」

「は……はじめまして」

こんなに身なりのよい、いかにもお金持ちの女の子に「お兄様」などと呼ばれると、なんだかむず痒《がゆ》い気分になった。二歳の瑞季は不思議そうにこちらを眺めている。挨拶はまだ無理らしい。

「私は忙しくてあまり娘たちにはかまってやれないのでね。どうかたくさん遊んでやってくれ」

「はぁ……」

（本当に、志宝の親戚の家？）

戸惑《とまど》っていると、回廊の向こうから女性がひとり、しずしずとやってくるのが見えた。

「あ、お母さまー！」

蝶凌が彼女に飛びついた。

「……あら旦那様。その子は？」

「親戚の子だ。しばらく預かることになった。丁重に扱ってくれ、王家の跡取りだ」

「王家？　あの武門の？」

驚いた様子の奥方は、天祐をじっと見下ろした。

「私はそろそろ行かなくては。あとのことはお前に任せる」

「旦那様、お待ちくださいませ。そのようなことを相談もなく勝手に――」

引き留めようとする奥方に、智鴻は不愉快そうに眉を寄せた。

「陛下が私をお待ちなのだ。遅参《ちさん》させる気か」

奥方は不満そうな面持《おもも》ちではあったが、智鴻は構わず背を向けていってしまう。

「…………いってらっしゃいませ」

見送りながら、小さく呟《つぶや》くのが聞こえた。夫の姿が見えなくなると、重苦しいため息をついた。

「勝手に親戚の子を引き取るなんて……」

どうやら彼女にとって自分は、招かれざる客らしい。じろり、と天祐に目を向ける。

「あの……こ、こんにちは」

「誰か、この子の部屋を用意してちょうだい」

使用人に命じ、やがて何かに気づいたようにまじまじと天祐の顔を見据えた。

「……あ、あの？」

天祐は後退《あとずさ》った。

奥方はそれ以上何も言わず、くるりと背を向けていってしまった。

「お兄様、一緒に遊びましょ！」

新たな遊び相手を見つけてうきうきした様子の蝶凌が、天祐の手を引いた。

「あ……うん」

（売られたり、殺されたりは、しなさそう……）

そう考えて少し緊張を緩《ゆる》めた。

だが、自分が偽者《にせもの》だとばれればどうなるだろう。他人の身分を騙《かた》った罪人として、捕らわれてしまうのではないだろうか。

（志宝はどうしているかな……）

本物の志宝がまだ都にいると知られる前に、ここから抜け出したほうがよさそうだった。

「えーと、蝶凌。あの、僕ここに来たの初めてだから、おうちの中を案内してくれる？」

「いいわよ！　こっち来て！」

とりあえず間取りや出口を把握して、外に出る方法を探っておくことにした。天祐は蝶凌と手をつないで、探検と称してあちこち歩き回り始める。

「あっちはお父様のお部屋だから、あんまり行っちゃだめよ。とっても怒られるんだから。向こうが使用人の部屋。――ねぇ、私のお部屋を見せてあげる！　こっち！」

小さな手に引っ張られながら、天祐は頭の中に図面を引いていく。

「出入り口はどこ？」

「正門はここを出て真っ直ぐ。裏門がお庭の向こう側にあるわ」

「そう……」

人目につかずに出入りするなら、やはり裏門だろう。あるいは何か足場になるものがあれば、塀を乗り越えるほうがいいかもしれない。

「ねぇ蝶凌。君のお父さんって、何をしている人なの？」

すると蝶凌はうふふ、とどこか誇らしげに肩を揺らした。

「お父様はね、すごーく偉いのよ」

「ふぅん。さっき陛下、って言ってたよね」

「うん。皇帝陛下といつも一緒なの。すごいでしょ！」

（皇帝陛下……）

それは天祐にとって雲の上の存在すぎて、なんだか現実味のない言葉だった。その皇帝に仕えている人ということか。

（じゃあ本当に、人買いじゃないんだな）

蝶凌の部屋に連れていかれると、着飾らせた小さな人形を差し出された。

「これ、私の大切なお人形さん。妹には絶対に貸してあげないけど、お兄様には特別に抱っこさせてあげてもいいわ」

「そう？　ありがとう」

蝶凌のうきうきとしている様子に、天祐は思わずくすりと笑った。妹がいたらこんな感じだろうか。

天祐は自分にいつか新しい父親ができて、母が弟妹を産んでくれることを密《ひそ》かに期待していた。母は男性にもてるし、この願望はきっといつか実現すると思っている。

（お母さん、どこにいるんだろう……）

母の手がかりは途絶えたままだ。しかもこんな見知らぬ場所に、別人のふりをして来てしまった。

はぁ、とため息をつくが、きゅっと顔を上げる。

（まぁ、なんとかなるよね）

「お兄様、おままごとしましょう！」

いそいそと準備を始める蝶凌に、天祐は笑って頷いた。


智鴻の屋敷にやってきて数日、天祐は娘たちの遊び相手をそつなくこなし、思いのほか穏やかな日々を送っていた。奥方はあまり姿を見せなかったが、時折出会うと微《かす》かに翳《かげ》りのある表情を浮かべて顔を逸《そ》らした。

あまり気に入られていないらしい。できる限り控えめに、目立たないようにしているのだが。

そしてそれとは別に、度々《たびたび》妙な視線を感じていた。

ある時、庭で蝶凌たちと遊んでいてふと振り返ると、天祐をここへ連れてきた男の姿を見かけた。彼以外にも、幾人かの男が交代でこちらを見張っている気がする。

毎晩のように抜け出す方法を考えては動線を頭に入れていたが、これでは思うように逃げ出せない。

「――志宝、ここでの暮らしには慣れたか？」

ある晩、智鴻が帰ってきたところに偶然出くわすと、彼は優しそうに笑ってそう尋ねた。

「はい」

「そうか。蝶凌たちも喜んでるようだ。よく面倒を見てくれているそうだな」

「あのう……僕のお母さんは、ここには来ないんですか？」

疑問に思っていたので尋ねてみる。志宝の母はどうして息子だけをここへ預けているのだろう。

「お母さんにはいろいろと事情があってね。都を離れることができないんだよ。――でも志宝は男の子なんだから、お母さんがいないくらいで寂《さび》しがったりしてはいけないよ。君はひとりでも大丈夫だと思って、お母さんは私に君を預けたんだ。それなのにそんな情けないことを言うんだったら、お母さんはがっかりするだろうな」

「も、もちろん。僕、もう大きいですから平気です」

母親が現れては、自分が偽者であるとばれてしまう。

「偉いな。男の子はそうでなくては。私にも君のような息子がいればなぁ」

「――旦那様」

冷えた声が響いた。

いつの間にか奥方がすぐそばに立っていた。

眉を寄せて夫と天祐を睨《にら》みつける。

「おかえりなさいませ」

「ああ」

「少し、お話があるのです」

「後にしてくれ。疲れている」

そのまま立ち去ろうとする智鴻に、奥方は追いすがる。

「お待ちください！」

回廊の向こうで言い争う声が聞こえてきたが、何を話しているのかはわからなかった。

天祐は自分の部屋に戻ったが、自分は奥方にかなり嫌われているらしい、と改めて自覚してなんとなく落ち込んだ。

(何かしたかなぁ……)

人に嫌われるのは悲しい。好かれたいわけではないけれど、あんなふうに冷たい目を向けられるのは居心地が悪かった。

「お兄様」

そっと扉を開けて、中を窺《うかが》うように蝶凌が顔を出す。

「蝶凌、どうしたの？」

「一緒に寝てもいい？」

「いいよ」

すると蝶凌は嬉しそうに笑みを浮かべ、ぱたぱたと駆け寄ってくる。すっかり懐《なつ》いてくれたのは嬉しいが、もうすぐ自分はいなくなる。その時、この子が悲しまなければいいと思う。

「ねぇ蝶凌。明日、使用人たちも一緒に、お屋敷の中でかくれんぼをしない？」

その最中に、裏門からそっと抜け出す——それならば堂々とあの男たちからも身を隠せるし、使用人たちの動きも制限できる。裏門には奥方や智鴻が近づくことなどない、とこ数日の生活ぶりを見て把握していた。

「やる！　楽しそう！」

蝶凌は目を輝かせた。

「うん……」

少しだけ胸が痛んだ。

この子は明日、いくら探しても天祐が見つからないとわかった時、どんな顔をするだろうか。そして、天祐が偽者の『お兄様』だったと知ったら、裏切られたと思うだろうか。

翌日、約束通り使用人まで交えてかくれんぼを始めた天祐は、まず自分が鬼を買って出た。

庭の木に顔を向けて、目を両手で覆《おお》い三十数える。

「いーち、にーい、さーん……」

いつも自分を監視している男たちにも声をかけ、ほかの使用人とともに参加してもらっている。最初は当然断ろうとしていた彼らは、女中や下男から厳しい視線を受けてしぶしぶ了承したのだった。自分たちが忙しい仕事の手を止めてまでこの家の令嬢の相手をしているのに協力しないつもりか、という無言の圧だった。

逃げ出すなら、この機会をおいてない。

天祐は数え終わると振り返り、庭を見回した。屋敷の敷地内であればどこに隠れても自由ということにしたので、探す範囲は広い。

厨《くりや》の近くを通りかかると、声がした。

「――みんな、お嬢様に付き合ってかくれんぼしてるのよ」

「あの男の子が来てから、お嬢様は楽しそうね」

「志宝様と呼びな。王家の後継ぎ様だよ」

そっと中を覗くと、女中が二人、料理の下ごしらえをしながらお喋《しゃべ》りをしているのが見えた。さすがにすべての使用人が持ち場を離れるわけにはいかなかったのだろう。

「もしかして旦那様は、いつかあの子とお嬢様を夫婦にするつもりかしら」

「かもねぇ。王家といえば武門の名家だもの。唐家と釣り合いは十分よね」

「──ねぇ。志宝様って、旦那様に似ていると思わない？」

「そう？　まぁ、言われてみれば……」

「私、最初は旦那様が隠し子を連れてきたのかと思ったわ」

「滅多《めった》なこと言わないでよ！　親戚なんだから似ていて不思議じゃないでしょ」

「でも、奥様は志宝様が気に入らないみたいよ。この間ね、お二人が言い争うのが聞こえたんだけど、『養子にでもするつもりなの⁉』って奥様がお怒りで」

「奥様は男の子が産めなかったものねぇ。随分《ずいぶん》気に病《や》んでいるみたいだし」

「旦那様はあの子を婿《むこ》養子にするつもりかしら。あ、でも王家の後継ぎならそれはないか……」

「蝶淩、見ーつけた！」

厨の外の、大きな甕《かめ》の裏に隠れていた蝶凌を見つけて、天祐は声を上げた。

その声に、女中たちはびくりと顔を上げる。

「あーあ、見つかっちゃった」

蹲《うずくま》っていた蝶凌が残念そうに、それでいて見つけてもらえて嬉しいというように立ち上がる。

「ま、まぁ、お嬢様、志宝様。こんなところで遊んでいたんですか？」

女中たちは、少し焦《あせ》ったように視線を交わした。

「かくれんぼしてるんだ。――庭に戻ろう。次は蝶凌が鬼だよ」

天祐は蝶凌の手を取ってその場を後にしながら、志宝はいろいろ大変だな、と思った。

養子だとか結婚だとか、いい家に生まれると随分とややこしいことが多いらしい。

「いーち、にーい、さーん」

蝶凌がさきほどの天祐と同じように、数を数え始める。

再び皆が散り散りに隠れ始めた。天祐もその場を離れながらも、そっと蝶凌の後ろ姿を見つめた。

（ごめんね）

隠れる場所を探す素振りで、そろりと裏口へと向かう。

幾度も周囲を見回し、誰もいないことを確認する。

「にじゅうさーん、にじゅうしー……」

遠くから、蝶凌の可愛らしい声が響いてくる。

今だ、と深呼吸して扉に駆け寄り、ぱっと外へと躍《おど》り出た。

「――わっ」

どん、と誰かにぶつかる。

途端に肩を摑まれて、天祐はびくりとした。

「だめですよ、坊ちゃん。かくれんぼはお屋敷の中でやらないと」

大柄な男が、冷たい目でこちらを見下ろす。

天祐は臍《ほぞ》を噛んだ。

見張りは外にもいたのだ。

「さぁ、戻って」

「う、うん……」

押し返されるように、中へと戻る。

「お兄様、見ーつけた！」

隠れもせずにうろうろしていた天祐は、すぐに蝶凌に見つかってしまった。

「またお兄様が鬼ね！」

「ああー……」

天祐は苦笑いする。

「みんな、また隠れて隠れて！」

笑い声を上げながら蝶凌が跳ねるように駆け出し、ほかの使用人たちも改めて隠れ場所を探し始める。その中には監視役の男もいて、さりげなくこちらを気にしている様子だった。

「いーち、にーい……」

数えながらも、一体何人が天祐のことを見張っているのだろう、と考えを巡らせた。

「……三十！」

ぱっと振り返る。

一見、人気《ひとけ》のない庭。

天祐は表門へと向かった。そちらにも見張りはいるだろうか。

中庭を抜ける時、ふと塀の傍に生えた大きな木が目に入った。

（登れないことないな）

あの木を登って、塀を乗り越えることができれば。

誰にも見られていないことを確認し、天祐は木に飛びついた。育った村では友達と一緒によく木登りをしたものだ。これくらいの木ならなんということはない。

瓦《かわら》の葺《ふ》かれた塀に、手を伸ばす。

（もうちょっと……）

枝に摑まりながら、身を乗り出す。

触れた瓦がひとつ、ずるりと滑り落ちて地面に落下した。甲高《かんだか》い音を立てて割れた瓦が粉々に砕け散る。響き渡った音に、天祐は身を縮ませた。

「――何してる！」

声がした。

見張りだろうか。天祐はえいやと跳んで、塀にしがみつく。

これを越えてしまえば、と歯を食いしばった。

ところが大きな手が彼の足を摑み、その身体を一気に地面に引きずり下ろしてしまう。

「わぁっ！」

尻餅《しりもち》をついて転がった。痛みに顔をしかめている天祐を、監視役の男が見下ろしていた。

「――坊ちゃんは今、鬼でしょう。どこへ行く気です？」

「う、上から見たほうが、みんなを探しやすいと思って……」

苦しまぎれに言い訳をしながら、天祐はじりじりと後退《あとずさ》った。男の影が天祐の小さな体を覆いつくすように重なり、立ちはだかっている。

その時、どんどん、と門を叩く音が聞こえた。正門のほうからだ。

天祐は考える間もなく、ぱっと駆け出した。

「あっ、おい！」

客が来たのだ。ならば門が開く。その隙《すき》に、外へ飛び出すことができれば。

しかし正門まで辿《たど》り着いてみると、ちょうど下男が扉を閉めているところだった。

「旦那様はお忙しいんだ。帰れ！」

残念なことに客人は、門前払いを食わされたらしい。

後ろからは、先ほどの男が追いかけてくる。

（どこか、どこか外へ行けるところは――）

天祐は再び駆け出した。

厩を通り過ぎ、庭を抜け、いつの間にか智鴻の書斎のある棟《むね》まで入り込んでいた。息を切らしながら周囲を見回す。

「どうしよう……」

高い塀はどこまでも続いている。登れそうな木も見当たらない。

諦《あきら》めるしかないのか、と思わず考えた。しかしここで諦めれば、逃げ出す機会はもう二度とやってこないかもしれない。

すると突然、目の前に黒い影が降ってきた。

「うわっ！」

思い切りぶつかり、後ろに転がる。

「——すまん、大丈夫か」

頭を摩《さす》りながら顔を上げると、背の高い青年が手を差し伸べてくれていた。

空を旋回していた烏《からす》が、その肩にちょこんととまる。背には大きな弓と矢筒を負っていて、この屋敷では見慣れない風体《ふうてい》だった。

天祐は警戒し、差し出された手は取らずに自力で立ち上がった。彼も監視のひとりだろうか。

こちらに向けられた青年の瞳は、妙に猷めいて見えた。

「唐智鴻の部屋はどこか、知っているか？」

「え？」

「……おい、何者だ！　どこから入った⁉」

天祐を追ってきた男が、彼に気づいて足を止めた。

「そこから」

青年は気軽な様子で塀の上を指差した。

「ちゃんと門から入ろうとしたが、だめだと言われたから仕方なかった」

「――侵入者だ！　侵入者がいるぞ！」

男は声を上げて剣を抜くと、そのまま青年に斬りつけた。驚いた天祐は身動きできずにその場に立ちすくむ。

しかし黒い影が視界を掠《かす》めたかと思うと、いつの間にか男は地面に仰向けに倒れ込んでいた。青年が彼を殴《なぐ》ったのだ、と気づいたのは、男の顔がひどくへしゃげていたからだ。

「それで、唐智鴻の部屋はどこか知っているか？」

平然とした様子で、こちらに同じ質問を繰り返す。

「ええっと……」

天祐は迷った。怪しい人物にそんなことを教えていいのだろうか。

しかし、これは千載一遇《せんざいいちぐう》の好機かもしれない。少なくとも彼は、天祐を追う者ではないのだ。

「……教えてもいいけど、代わりにお願い聞いてくれる？」

「なんだ？」

「僕を、外に出してほしいんだけど」

青年は少し小首を傾《かし》げたが、すぐに「わかった」と頷いた。

「用が済むまで少し待ってもらいたいが」

「うん、わかった。――おじさんの部屋、こっちだよ」

「助かった。ありがとう」

青年は軽やかに駆け出したので、天祐も慌《あわ》ててそれに続いた。

先ほどの呼び声を聞きつけたのだろう、外にいた監視役も含めた男が二人、彼らの前に飛び出してきた。

「何者だ！」

「捕まえろ！」

二人がかりで飛びかかったが、青年はそれをひらりと躱《かわ》した。そして、一見さりげない動作でひとりを蔵の壁にめり込ませ、さらにもうひとりを軽々と屋根の上まで放り投げた。

天祐はその様子を、ぽかんと眺めていた。

「――なんの騒ぎだ！」

書斎から唐智鴻が不機嫌そうに顔を覗かせる。

「志宝？　そんなところで何をしているんだ」

「え、えーと……」

天祐は困って青年を見上げた。

見慣れないその人物に、智鴻は眉を寄せる。

「？　誰だお前は？」

「唐智鴻、あんたに訊《き》きたいことがあって来た」

「おい、誰かいないのか！　何故《なぜ》こんなやつを屋敷に入れた！」

「芳明《ほうめい》はどこにいる？」

青年が口にした名に、天祐はきょとんとした。

智鴻は怪訝そうな表情を浮かべている。

「……なんだと？」

「芳明だ。浙鎮の皇帝のもとにいると噂に聞いたが、探してもどこにもいなかった」

すると何かに気づいたように、智鴻は青年をしげしげと眺めた。

「ああ……お前、柳雪媛の護衛だな？　どこかで見たことがあると思った」

「皐口《ふこう》の家に隠していただろう。そこからどこへ移した？」

「なんのことかわからん。さっさとこの屋敷から出ていけ」

「ここにいるのか？」

「早く出ていけ！　おい、誰か！」

「なら、探させてもらう」

すたすたと智鴻に近づいていくと、彼の書斎の扉を大きく開けて中を覗き込む。

「おい、私の屋敷で勝手な真似は許さぬぞ！」

智鴻が肩に手をかけると、青年はそれをあっさりと捻《ひね》り上げた。

「ぎゃあああああ！」

悲鳴を上げて智鴻が転がる。天祐は慌てて青年に飛びついた。

「ねぇ、お兄さんは芳明って人を探しているの？」

「そうだ。この男がどこかに隠している」

「……ここにはいないと思うけど」

「どこにいるか知ってるか？」

「志宝！　そいつから離れろ！　早く誰か呼んでくるんだ！」

涙目の智鴻が叫んだ。その様子を哀《あわ》れに思いながらも、天祐は少し居住まいを正してぺこりと頭を下げた。

「あのう、ごめんなさい。僕、本当は王志宝じゃないんです」

「何を言ってるんだ！」

「本当に、あの、わざとじゃなくて。間違って連れてこられたんです。本当の志宝は、都にいるはずです」

「お前、何を馬鹿な……じゃあお前は一体、誰だっていうんだ⁉」

「僕、天祐といいます。お母さんを探しに都に行ったら、なんだかこんなことになっちゃって……すみません。もう、出ていきますから」

それだけ言って、ささっと青年の陰に隠れる。

「お兄さん、外へ出してくれるって言ったよね？　約束は守ってね」

青年は目をぱちぱちとさせて、天祐を見下ろした。

「お前、天祐というのか？」

「うん。僕のお母さんも芳明っていう名前なの。お兄さんが探している人と同じだね。よくある名前なのかな」

すると青年は、少し考え込むように頭を掻いた。

「……いや、それなら俺が探しているのは、お前の母親だなぁ」

「え？」

「俺はお前の母親の知り合いだ」

「……本当に？　お母さんの？」

青年はこくりと頷く。

その動作は幼げで、なんとなく自分より年上とは思えなかった。

しかし天祐は、そんな偶然があるのだろうかと疑わしげな目で見上げる。すると彼は、おもむろに上衣《うわぎ》を脱ぎ始めた。

「えっ、ちょっとお兄さん⁉」

「これは、芳明が縫ってくれたんだ」

ほれ、と衣《ころも》の内側を示す。そこには、母がいつも天祐にそうしてくれるように『瑯』という文字が縫い取られているのが見えた。

「ここに俺の名前を入れてくれた。——俺は、瑯という」

瑯は、にかっと笑った。

天祐は目を瞠《みは》る。

文字を入れる場所も、縫い方も、いつも身に着けていた自分がよく見慣れたものとまったく同じだった。

(お母さんだ……)

これは、母が縫ったものに違いない。

正直、自分以外の誰かに母が衣を繕《つくろ》うとは思っていなかった。

しかし敏《さと》い天祐には、すぐにわかった。

（きっとこの人は、お母さんの大切な人なんだ）

「お母さん、今どこにいるの？」

「俺もずっと探してる。それで、この男が行方を知っているはずだと思ってここまで来たんだが――」

それでふと気づいたように、瑯は「ああ」と声を上げた。

何気《なにげ》ない様子で、瑯は智鴻を指差す。

「じゃあその男は、お前の父親だ」

三章

唐智鴻《とうちこう》は目の前の男が何を言っているのか、理解できなかった。

珠麗《しゅれい》の息子、王志宝《おうしほう》だと思っていた少年は、怪訝《けげん》そうな様子でこちらを見上げる。

「……は？」

智鴻は抗議しようと思い、ようやくそれだけ口にした。

「あ、知らないかと思って。もしかしてもう気づいていたか？」

瑯《ろう》は首を傾《かし》げた。

「事情はわからないが、違う名を名乗っていたようだったし」

「……お父さん？　僕の？」

天祐《てんゆう》はわけがわからないという顔をしている。

「お父さんは、死んだんだよ」

「お母さんがそう言ったのか？」

「うん」

「うーん、そうか。余計なことを言ったかな」

困ったな、とまったく困っていない風情《ふぜい》で瑯は言った。

智鴻が腹の子は、と尋《たず》ねると、芳明《ほうめい》は流れたと答えた。

（でも、もし無事に生まれていれば……）

確かに目の前の少年と同じ年頃だろう。

ふと、先日妻に言われたことを思い出した。

「あの子、旦那様によく似ていますわね」

不愉快そうな面持《おもも》ちで、彼女は何やらいらぬ詮索《せんさく》をしているらしかった。王志宝として連れてきた少年は、実際は智鴻の隠し子ではないのか――と妙につっかかってきた。

以前であれば、婿《むこ》入りした智鴻の立場は弱く、妻に対しても強く出ることはなかったが、今では状況が違う。智鴻は皇帝の信任厚く、義父より遥《はる》かに重く用いられている。

「馬鹿馬鹿しい」

と智鴻は取り合いもしなかったし、それでもなお言い募《つの》る妻のことは無視した。最近のあなたは冷たい、と泣きわめく妻はひどく鬱陶《うっとう》しかった。

（似ている――？）

志宝は遠いとはいえ血縁だから、いくらか似ていてもおかしくないだろうと思っていたし、そこまで深く考えていなかった。なにより自分の顔などそう見るものではないので、さほど気にすることはなかった。

だが今、まじまじと目の前の少年の顔を眺めてみれば、確かに見覚えのある面差しをしていた。それは鏡の向こうの自分と、そして——かつて夢中になった女の面影だ。

「……志、いや……天祐、といったか？　この子が、私の子だというのか？　あの時の？……彩虹《さいこう》が産んだ？」

「いや、父親は死んだそうだ。忘れてくれ」

とぼけたことを言う卿に、智鴻は苛立《いらだ》った。

「子が死んだと聞いていたのは私のほうだぞ！　生まれなかったと……だから……」

智鴻は戸惑《とまど》いながらも天祐に近づき、彼の目線に合わせて膝《ひざ》をついた。

見れば見るほど、確信が深まった。

「本当に……」

これが自分の息子なのか。

「天祐……と、いうのか」

天祐は小さく頷《うなず》く。

「彩虹、いや――芳明の子なのか」

「そう、です」

天祐は困ったように、智鴻と瑯の顔を交互に見返す。

「僕のお父さんなの？　本当に？　生きてたの？」

「ああ――ああ、生きている」

小さな手を取った。その身体に自分の血が色濃く流れているのだと思うと、唐突に胸が詰まった。

「ふぅん。僕、お父さんに似てるってお母さんが言ってたけど、あんまり似てないね」

「に、似てるさ！　よく似ている！　私の子どもの頃そっくりだ！」

「そうかなぁ」

「気づいてやれずに済まなかった。今まで、寂《さび》しい思いをさせただろう」

「ううん、別に寂しくないよ？　僕男の子だし、もう大きいから」

「……お父さんはお前が生きていると知らなかったんだ。お母さんが嘘をついていたんだよ。お前をお父さんに会わせないために……なんてひどい嘘を……！」

「お父さんなら、お母さんがどこにいるか知ってる？」

「それは……お父さんにもわからないんだ。だが、今一生懸命探しているところだ」

「そっか……」

「本当に知らないのか？」

卿が問いただす。

「お前はなんなんだ、関係ないだろう！」

「浙鎮《せっちん》に芳明が一時いたことは確からしい。その後の足取りがわからない」

「私だって迷惑しているんだ！　勝手にいなくなって――」

悪《あ》し様《ざま》に言おうとして、天祐に聞かれていることに気づいた智鴻は詰まったように口をつぐんだ。

「いや、だから今、心配して必死に探しているんだ。だが手がかりはない。――なぁ天祐、お母さんのことはお父さんに任せなさい。お母さんが見つかるまで、ここで一緒に帰りを待とう」

智鴻は先ほどまでの驚きの反動のように、急速に脳を回転させた。

目の前に現れたのは、智鴻がずっと求めていた自分の血を引く息子だった。幸いまだ幼いし、今から教育を施《ほどこ》せば後継ぎとして十分間に合う。妻に子ができなければ別の女を借り腹として子を産ませ、子どもだけ引き取るのはよくあることだ。

子が父親と暮らすのは当然であり、息子であれば父の背を見て育つべきだった。何より、皇帝の信任厚いこの自分の背中を。

「え、ここで暮らすの？　お父さんとお母さんと？」

「お母さんには、どこか別の家を用意しよう。いつでも会いに行けるように」

「どうして？　お母さんはここに住まないの？」

「ここは……みんなで暮らすには狭いんだ」

喜んで自分に飛びついてくれると思った天祐はしかし、なんともいえない表情を浮かべた。そして、傍《かたわ》らの榔を見上げる。

「お兄さんは、お母さんを探しに行くの？」

「そうだな。渡すものがあるんだ」

「渡すもの？」

そこへ、金切り声が響いた。

「──やはり、そういうことだったのですね！」

姿を現したのは智鴻の妻、茉苡《ふい》だった。眉を跳ね上げ夜叉《やしゃ》のような形相《ぎょうそう》でつかつかと智鴻に向かってくる。

天祐を憎しみの籠《こ》もった目で睨みつけると、夫に向かって詰め寄った。

「おかしいと思っていたのよ。急に親戚の子を引き取るなんて！　しかもあなたによく似た男の子！　私が気づかないとでも思ったの⁉」

智鴻は大きくため息をつく。

「……茉苡、みっともないぞ、子どもの前で。向こうへ行っていろ」

「馬鹿にしないで！　引き取るなんて絶対に許しませんからね！」

「息子を産まなかったお前が、口を挟むな！」

その言葉に茉苡は顔を引きつらせた。

「……この唐家の跡取りなんですよ！　唐家の血を引いていないその子に、その資格はありませんわ！　私の甥《おい》を養子にするという話だったでしょう⁉」

「私の息子だ！　陛下はお認めになる！」

言い争う二人を尻目に、天祐が瑯に話しかける。

「ねぇお兄さん、僕も一緒に行ったらだめ？」

「なっ……何を言ってるんだ⁉」

智鴻は慌《あわ》てて身を乗り出す。

「すまない、びっくりさせたな。茉苡の言うことは気にしなくていいんだ。ようやく会えたんだから、お父さんと一緒に暮らそう。お母さんは必ず見つけ出すから！」

「んー、でも、お父さんは僕のお父さんかもしれないけど、奥方様と夫婦で、蝶凌《ちょうりょう》と瑞季《ずいき》のお父さんでしょう？」

「て、天祐……？」

「ここは、僕の家じゃないもの」

「わきまえているじゃないの。さっさと出ておいき」

茉苡が冷たく言い放つ。

智鴻が咎《とが》めるように睨んだが、意に介す様子はない。

「天祐、お前だってお父さんと一緒に暮らしたいだろう？」

「だってここで、お母さんは一緒に暮らせないんでしょう？」

「お母さんは貧しくて、お前に辛《つら》い思いをさせていたんじゃないか？　お父さんはそんなこと決してしない。ここにいればどんな贅沢《ぜいたく》でもさせてやるし、欲しいものはなんでも買ってあげよう。それに将来は、私の跡を継いで皇帝陛下にお仕《つか》えする偉い人になるんだ。そうしたら天祐は、とてもお金持ちになれる。お母さんにこれ以上、苦労させたくないだろう？　お母さんに楽をさせてやりたいだろう？」

天祐はその言葉に少し惹《ひ》かれたように目を瞬《しばたた》かせた。しかし、うーん、と言って首を横に振った。

「やっぱり、いいや。僕、このお兄さんと一緒にお母さんを探しに行くよ。見つかったら

な⁉」

「――出ていけば、必ず後悔するぞ！　お前のせいでお母さんが不幸になってもいいんだ

お父さんにも教えてあげるね」

突然の激しい物言いに、天祐は怯《おび》えたように表情を固くした。

「私は今までできなかったことをしてやりたいんだ。お前に与えられるものを全部与えてやりたい。お母さんだってきっと、それを望んでるさ。お前の幸せを。ここで暮らすことがお前の幸せなんだ、天祐。お前は賢い子だ、わかるよな？」

今度は猫撫で声で囁《ささや》く智鴻を胡散臭《うさんくさ》げに眺めながら、瑯は天祐に問いかけた。

「本当に、一緒に来るか？」

「さっき約束したよね、外に連れ出してくれるって。約束は破ったらだめだよ」

「そうだな。確かに」

瑯の手が伸びてきて、天祐の小柄な体をひょいと抱《かか》え上げた。

「じゃあ、行くか」

「――待て！」

智鴻は慌てて息子に飛びついた。

「これは誘拐だぞ！　私の子を勝手に連れていくつもりか！」

智鴻が天祐の腕を摑んだ。

卿はとっさに天祐を抱いた腕に力を籠める。

「放せ！」

「天祐、こっちへ来るんだ！」

「――――痛っ！」

強く引っ張られ、天祐が悲鳴を上げた。

その途端、卿ははっとしたように腕の力を緩《ゆる》めた。その隙を見逃さず、智鴻は天祐を引き寄せる。

ようやく獲得した息子を抱えながら、智鴻はじりじりと後退《あとずさ》った。その周囲には、騒ぎに気づいた使用人たちが集まってきている。

「誰か、あいつを捕らえろ！」

「……おまんは」

卿がぼそりと呟く。

そして、ゆっくりと智鴻に向かって進んできた。

「おい、早く捕らえろ！」

智鴻が叫んだ。下男が二人卿に飛びかかったが、瞬《またた》く間《ま》に素手で薙《な》ぎ払われてしまう。

暗い剣呑《けんのん》な目つきで智鴻を見据えた瑯は、一瞬目の前から消えたように思った。しかし次の瞬間、智鴻は自分の頬にめり込む拳を感じた。

殴《なぐ》られた、と認識する間もなく身体が吹っ飛ばされる。

「——おまんはほんまに父親なんやか！　痛がっちゅうのがわからんのか⁉」

動顚《どうてん》した茉苡の悲鳴が響く。

智鴻は勢いよく地面に倒れ込んだ。目の前がくらくらして、火花が散って見えた。

呻《うめ》きながら、なんとか顔を上げる。

智鴻の腕から転げ落ちた天祐を、瑯が抱え上げていた。

そうして瑯は獣のような目で智鴻を見下ろし、ぎろりと睨みつける。

「……お、お前、私にこんな……お前ごときが、よくも……」

わなわなと震えながら起き上がろうとする。しかし、ぽたりと地面に落ちた赤黒いものに気づくと、はっと顔を押さえた。口からも鼻からも血が流れている。

「ひ、ひぃっ……血が……！」

「あなた！」

茉苡が青い顔で駆け寄ってきた。

「すまんの、天祐。おまんの父さんを殴ってしもうた」

天祐は怯えているかと思いきや、目をきらきらと輝かせて瑯を見上げた。

「お、お兄さん、めちゃくちゃ強いー！　すごーい！」

「腕、痛《いと》うないか？」

「うん大丈夫。──ねぇ、そのしゃべり方面白いね」

「あ」

しまった、というように瑯が口を噤《つぐ》み、誰かの視線を気にするみたいにきょろきょろとしてから、ごほんと咳払《せきばら》いした。

「天祐、そいつから離れるんだ！　危険だ！」

智鴻が鼻を押さえながら叫んだ。

「こっちへ来るんだ、天祐！」

「お父さん。やっぱり僕、お父さんにはあんまり似てないと思う」

「──な、何？」

「お母さんの言う通りだったんだと思う。僕のお父さんは、もう死んでるって思うほうがいいんだよね」

その言葉に智鴻は愕然《がくぜん》とする。

「て、天祐……」

卿は天祐を抱えたまま、背を向ける。

「に、逃がすな！　捕らえろ！」

しかし智鴻の命令に従う者はいなかった。先ほどの卿の強さを目《ま》の当たりにして、近づこうともしない。

天祐を背に乗せ、卿は猿のように軽々と塀を越えて、屋敷から姿を消してしまった。


大きな烏《からす》が降りてきて、卿を先導するように前方を飛んでいく。天祐はそれを卿の肩越しに眺めていた。

振り返ると、追ってきた使用人たちの姿がちらりと見えた。しかし卿の足は速く、いくつもの塀を簡単に越え、並ぶ家々の屋根の上を疾走し、街を縦横無尽《じゅうおうむじん》に駆け巡っていく。

いつの間にか、追っ手の姿はどこにも見えなくなっていた。

「芳明が行きそうな場所、どこか心当たりはあるか？」

ようやく足を止めた卿は、天祐を背中から降ろして尋ねた。ほとんど休むこともなく駆け続けたのに、少し息が上がっている程度で、いたって涼しい顔をしている。

「僕の村へ行ったのかも。僕が都へ出たって、お母さん知らないはずだから」

「なるほど。村はどのへんだ？」

「寧州《ねいしゅう》の臥漢《がかん》」

「街道沿いに行けたらいいが——」

　瑯は少し考えるように眉を寄せる。

「お前の父親が諦《あきら》めていなさそうだったから、できるだけ人目につかないように行こう。少し遠回りだが」

　当たり前のような様子で、先ほどの烏が舞い降りてきて瑯の肩にとまった。

「その烏、お兄さんが飼ってるの？」

「飼ってるわけじゃない。こいつは相棒」

「相棒！　かっこいい！」

「小舜《しょうしゅん》という。それから、俺のことは瑯でいい」

「——じゃあ、瑯兄ちゃん。ねぇ、その子撫でてもいい？」

「小舜が嫌がらなければ。嫌いなやつは嘴《くちばし》でつつくぞ」

　ほれ、と瑯は腰を落として肩を差し出してくれる。烏の小さな目が黒真珠のようにこちらを見つめた。

　恐る恐る手を伸ばすと、小舜はおとなしく撫でられてくれた。

「つつかれない！」

「よかったな」

「ねぇ、さっきみたいに話さないの？」

「さっき？」

「なんとかしもうた～とか、おまんは～、とか」

「……訛《なま》りが出ないように気をつけている。芳明にも、なんとかしろと言われた」

「言葉が二つ話せるって、かっこいいね！」

「かっこいい……？」

卿が首を傾げた。

「うん、かっこいい！　僕もできるようになりたい！」

「それは初めて言われた」

すでに季節は冬になっていた。これからの道のりに備え、防寒着や多少の携行食などを急いで買い込むと、二人は足早に浙鎮を後にした。

ひとまず道中は兄と弟ということで口裏を合わせることにしたが、卿は街道を外れてからは人通りのある道を選ばなかったので、嘘をつく必要はそうそうなかった。

道もない山中に躊躇《ちゅうちょ》なく分け入ったり、森を抜けて川を渡ったり、それを苦もなく踏破《とうは》していく。険《けわ》しい場所では天祐はさすがについていけず、彼の背中に負《お》ぶわれていた。

卿が目についた獣を仕留《しと》めてくれたので、食べるものにはまったく困らなかった。鳥も兎《うさぎ》も鹿も、寸分違《たが》わずたった一矢《いっし》で確実に射貫《いぬ》く。

天祐は毎回歓声を上げた。

「僕もやってみたい！」

「この弓は天祐には大きすぎるな」

そう言いながらも卿は弓を貸してくれた。天祐はわくわくしながら引いてみたが、弓弦《ゆづる》の張りが強すぎてほとんど引くことができなかった。

がっかりしながら弓を返す。

「早く大人になりたいなぁ」

「そうか。小さいのもかわいいのにな」

「大きくなったら、大将軍か大商人になろうと思ってたんだけど、やっぱり将軍のほうがかっこいいよね」

「……そうだな。俺の知っている大商人は、なんというか……面白いが、あれをかっこいいとはあまり言わないと思う」

「卿兄ちゃん、そんなに強いなら将軍になる?」

「将軍?」

意外なことを言われたようで、卿は目をぱちぱちさせた。

旅の道連れになってから彼の様子をつぶさに見るようになったが、やはりその表情はどれもどこか子どもっぽく、一向に年上という感じがしない男だった。

「考えたことがなかった」

「なろうよ。それでさ、僕が大人になったら一緒に戦うんだ。ね、弓の扱い方教えて!」

天祐にとって、卿との旅路《たびじ》は思いがけず楽しいものになった。

まず、数日かけて餌付《えづ》けした結果、小舜が天祐の肩に乗るようになった。つつかれないどころかそこまで距離を縮めたことに、卿も驚いていたので天祐は得意になった。

「小舜は警戒心が強いから、滅多《めった》にほかの人間には近づかない。雪媛《せつえん》様だけは別だったが……」

「雪媛様って、神女様って言われてた人でしょ? お母さん、本当にその人の侍女《じじょ》だったの?」

「そう」

卿に聞かされた都での母の様子は、天祐にとって意外なものだった。どうりで都の酒楼《しゅろう》を訪ね回っても手がかり一つ見つからなかったわけだ。

「ねぇ、神女様はどんな人？　天から降りてきたんでしょう？」

すると卿は少し考え込んだ。

「……最初に会った時は、兎が迷い込んできたと思った」

「兎？」

「けどあれは、飢えた虎だ」

「……虎？？」

怖い人なのだろうか、と天祐は首を傾げた。

小舜が鳴いて突然どこかへ飛び立つと、卿はそのあとを追う。すると大抵、そこには獲物がいて、鳥は空の上で旋回しながらその様子を見下ろしているのだ。そうして仕留めた獲物は卿と天祐で食べるが、小舜の分もちゃんと取り分けてやった。

「鳥と狼は、大昔からの相棒だ。お互い協力して狩りをする」

「僕も小舜と相棒になりたい」

「弓が引けるようになるまでは、友だちで我慢しておけ」

たまに小舜は天祐の頭に乗って嘴でつんつんとつついたり、からかうような仕草をした。

怒って追いかけると悠然と飛び立って、頭上でくるくると円を描く。瑯は、それは遊んでいるのだ、と言った。天祐はひとまず友だちになれたことに満足しようと、飛び回る小舜を追いかけ回した。


ある朝、天祐は目を覚ますと同時に、自分の身体の異変に気づいた。

ひどくだるいし、喉《のど》が痛む。

できるだけ気にしないようにしてその日も山道を進んでいったが、次第に視界がぐらぐらと揺れ始めた。

気づいた瑯が、天祐の額《ひたい》に手を当てる。

「大丈夫だよ……平気」

そう強がってみせたが、どうにも立っていられなくなり蹲《うずくま》ってしまう。さすがに、熱があるらしいと思った。

瑯は沢の近くに天祐を寝かせると、薬草を採《と》ってきてくれた。手慣れた様子でそれをすりつぶしながら、しゅんとした様子で背中を丸める。

「気がつかなくて、悪かった」

「僕こそ、ごめんなさい」

「どうして天祐が謝るんだ」

「だって……本当ならもっと先へ進めたはずなのに……」

「大丈夫だ。天祐が元気になったら、お前を負ぶって今までの倍の速さで進んでやる」

「……うん」

卿が煎《せん》じた薬草はひどく苦かったので、天祐は思わず「うえ」と顔をしかめた。その様子を卿ははらはらしたように見守っている。なんとか全部飲み下したのを確認すると、ほっと息をついていた。

「僕ね、運がいいってよく言われるんだよ」

「ほう」

「だから、きっとね、熱出した分……遅れた分、今度はすごくいいことあると思うんだ」

「それは、なによりだ」

ぽんぽん、と優しく頭を撫でられる。卿の口元にはかすかに、微笑が浮かんでいた。とても優しく、柔らかな表情だった。

天祐は結局、三日寝込んだ。

熱が引いてからも身体は重く、ひどい倦怠《けんたい》感が残った。もう平気だ、と言い張って再び道を進み始めたが、少し歩いただけですぐに息切れして動けなくなる。

食欲がまったくなかった。

卿がせっかく仕留めてくれた獣の肉も、脂《あぶら》っぽくてほとんど喉を通らない。

「医者に診《み》せよう」

卿が言った。

「大丈夫だよ」

「だめだ」

卿は天祐を背負って山中を抜け出し、小さな町へと入った。

天祐はひどく情けない気分だった。自分のせいで足止めした挙句に、こうして人目のある場所に出てくることになってしまったのだ。とんだ足手まといになってしまった。

「随分《ずいぶん》と気力が弱っているな。滋養のあるものを食べて、よく休ませなさい。——え？いや、死んだりしないさ。数日でよくなるだろう」

その町唯一の医者はそう言って、薬を処方してくれた。

卿は宿を取り、ぐったりしている天祐を寝台に寝かせた。その間中、ずっと壊れ物のように大事に扱われて、天祐はなんだか少しくすぐったい気分だった。

すると突然、卿がぽろぽろと涙を流し始めた。

「ろ、瑯兄ちゃん？」

天祐はぎょっとした。

頰を伝った雫《しずく》は、ぽたぽたと際限なく、雨のように床へと落ちていく。

大人がこんなふうに泣くのは、初めて見た。

天祐は手を伸ばして、その涙を拭《ぬぐ》ってやる。

「どうしたの？　どこか痛い？」

「…………よかった」

ぐずぐずと鼻声で、瑯は呟いた。

「ちゃんと治る……よかった」

自分よりも瑯のほうが子どものようだった。

二人はしばらくその宿に滞在することになったが、瑯はできるだけ目立たないよう、食料の買い出し以外には出かけずにずっと天祐の傍《そば》に付き添っていた。考えてみれば、寝込んだ時こんなふうに誰かがずっと傍にいたことなど、これまでに経験がなかった。

母である芳明は基本的には村には不在だったし、代わりに面倒を見てくれる隣家の夫婦には子どもが二人いた。彼らには畑仕事もあって、天祐ばかりに構っているわけにもいかなかったのだ。

卿はいくつか、聞いたこともない昔話を聞かせてくれた。父親から聞いたのだ、という
それらは山の中で起きる不思議な物語で、大抵の主人公は狩人《かりゅうど》だった。狸《たぬき》に化かされた話や、恐ろしい山姥《やまんば》を懲《こ》らしめる話、山を下りてお姫様と結婚する話もあった。

そんなある日、二人を訪ねてきた者があった。

「この人相書きの二人連れを探している」

宿屋の主人は、その男の示した人相書きに描かれた二人が二階に泊まっている兄弟によく似ていることに気づいた。面倒なことに関わり合いたくない彼は、すぐに二人の部屋へと男を案内した。

最初に異変を察したのは小舜だった。

かあと大きく鳴いたその声に卿は反応し、すぐに天祐を外套《がいとう》に包《くる》んで抱え上げた。訪問者が部屋に足を踏み入れる寸前、二人と一羽は窓から外へと脱出し、そのまま姿をくらました。

温かい、と卿は思った。

冷えた冬の空気の中で、身を丸めて眠っているその傍《かたわ》らに、懐《なつ》かしい体温を感じる。

無意識に、瑯は微笑んだ。

やっぱり生きていたのだ。

手を伸ばす。

（小瑯《しょうろう》――）

冷たい土ではなく、柔らかな小瑯の毛並みが触れた。

瞼《まぶた》を開く。

そこにいたのは、人間の子どもだった。

天祐は瑯の腕の中で眠っていた。冷やして熱がぶり返してはならないと、彼の防寒着の上から瑯の外套でも包み込み、その身体を抱きすくめるように夜を明かしたのだと思い出す。

宿から逃げ出した後、山奥に入り込んで見つけた小さな洞穴《ほらあな》の中だった。昨晩焚《た》いた火はすでに消えているが、朝日が差し込んで、少年の顔を照らし出している。額に手を当ててみるが、熱はなさそうだ。すうすうと安らかな寝息を立てている。

瑯はしばらくその寝顔を眺めた。よく見れば確かに芳明の面影があり、そして唐智鴻にも似ている。

身じろぎして、天祐が目を覚ました。

「気分は?」

尋ねると、天祐は目をこすりながら、「大丈夫」と答えた。

「寒くないか?」

「うん」

まだうとうととした様子で、瑯に小さな身をすり寄せる。

丸まったその姿が一瞬、狼の形を纏《まと》った気がした。

瑯は驚いて、目を瞬《まばた》かせる。

腕の中にいるのは、やはり人間の子だった。

瑯は恐る恐る、毛並みを撫でるように彼の髪を撫でた。ふわふわとして、とても気持ちがよかった。

額を寄せ、目を瞑《つぶ》る。

もう少しだけこうして眠ろう、と思った。


二人がようやく臥漢に辿《たど》り着いた頃には冬も深まり、雪がちらちらと舞っていた。

白い息を吐きながら村に入ると、天祐は「あっ」と声を上げて駆け出した。

「おばさーん！」

彼が駆け寄った先には、野菜を洗っている女たちがいた。ひとりが驚いたように立ち上がると、両手を広げて天祐を抱きとめる。

「天祐！　お前、誰にも言わずにいなくなって、心配したじゃない！」

「ごめんなさい」

「あんな書き置きだけ残して……！　ひとりで都へ行くなんて無茶なことを！」

「都に行ったんだけど、お母さんがいなかったんだ。それでいろいろあって――」

ああ、と女は頭を抱える。

「そうだろうね。この間、芳明が村へ来たんだよ」

「お母さんが⁉」

天祐は目を輝かせた。

「でもあんたが都へ行ったと知ったら、すぐにまた出ていって……」

「じゃあ、もういないの？」

「行き違いになってしまったねぇ。半月ほど前のことだから、今頃はもう都に着いていると思うけど」

がっくりと肩を落とした天祐は、そう、と小さく呟く。

「お母さん、元気だった?」

「そうね。でも、あんたのことすごく心配して、気が気じゃない様子で出ていったけど……」

その晩は村に泊まり、次の日またすぐに都へと取って返すことになった。

「天祐はここに残るか?」

卿が尋ねると、天祐はまさかというように目を瞠《みは》った。

「なんで?」

「俺が芳明を探して、ここに連れてくる。それまで村で待っているほうが──」

「嫌だよ!」

眉を跳ね上げて、天祐は言った。

「僕が邪魔? 置いていくの?」

「違う」

卿は慌てて首をぷるぷると振った。

「雪も積もって、道も悪い。また身体を壊したら、天祐が苦しい」

「行く! 絶対一緒に行くからね!」

天祐は言い張って聞かなかった。

結局、翌日二人で村を発《た》った。


「ぎゃあああああ！」

前回のように窓から訪ねると、金孟《きんもう》はまた野太い悲鳴を上げて驚いていた。

「──ろ、瑯ちゃん！　もうっ、たまには普通に表から入ってきてちょうだい！」

瑯は天祐を背負ったまま、部屋に上がり込む。

金孟は目を丸くした。

「その子は？」

「天祐だ。芳明の息子」

「はじめまして」

瑯の背から降りて礼儀正しく挨拶《あいさつ》する天祐に「あらっ」と笑みを浮かべ、使用人に菓子を持ってこさせる。

天祐が菓子を頬張っている間に瑯がいきさつを話すと、金孟は大きくため息をついた。

「んもぅ、一足遅かったわねぇ。──この間、芳明がうちに来たのよ。それで天祐が都に来ているらしいって言うから、私も手を尽くして調べさせたの。そうしたら、母親を探している男の子をいくつかの店で見かけたって話が出てきてね。でも途中でぷっつり足取りが途絶えちゃったの。それで芳明は、自分で探すって言って出ていったのよ」

「芳明はどこへ行くか、言ってなかったのか?」

「天祐は都から出たんだろうって、街道沿いに近くを虱潰《しらみつぶ》しにあたるつもりみたいだったわ。無謀だしやめときなさいって言ったんだけど、聞かなくて」

今度こそ会えると思っていたのだろう、天祐はがっかりした様子で、そして少し気が抜けたようだった。

椅子に腰かけていた天祐がうつらうつらとしているのに気がつき、瑯は金盂に少し休ませてほしいと申し出た。

部屋を用意してもらい、天祐を寝かしつける瑯を見守りながら、金盂が微笑ましげに笑みを浮かべる。

「随分《ずいぶん》と懐いたのねぇ。可愛いわ〜、兄弟みたい」

「魂は、傍にいるだけでなく人に宿ることもあるんかのう」

「魂?」

金盂は首を傾げた。

瑯は優しく、天祐の頭を撫でている。

「いや、なんでもない」

「ちょっとだけ、行きたいところがあるんだけど」

母を探しに行く前にどうしても確認したいことがある、と天祐が言うので、瑯は彼を連れて王《おう》家の屋敷までやってきた。

金孟からは、迂闊《うかつ》に姿を見せないようにと忠告された。なんでも王家の周囲には兵が配置され、常に監視を受けているという。

「青嘉《せいか》ちゃんが戻ってくるかもって、ずっと見張られてるのよ。瑯ちゃんのことも、顔を知っている人間がいないとも限らないわ。捕まれば、柳《りゅう》雪媛はどこだと尋問されることになるでしょうね。本当は近づかないほうがいいんだけど……」

しかし天祐は、友人の安否《あんぴ》を確かめたいのだと言って聞かなかった。

「志宝《しほう》に、橋のところで待っててって言ったのに、僕行けなかったから。ちゃんと家に帰れていればいいんだけど……」

無事が確認できればいいと言うので、天祐を背負った瑯は監視の目が一瞬逸《そ》れた隙に、ぱっと塀を乗り越えて王家に入り込んだ。風が通り過ぎるくらいの、ほんのわずかの出来事だった。

王家には雪媛の供をした時や、青嘉に招かれて何度か出入りしたことがある。志宝のことも見知っていたし、どこを通れば人目につかないかは心得ている。

瑯は素早く、中庭の木の陰に身を隠した。ここからなら志宝の部屋がよく見えるはずだ。

ちょうど部屋から、誰か出てきたところだった。

青嘉の義姉である珠麗《しゅれい》だ。以前より、随分と顔色が悪い気がした。

息を潜《ひそ》めて彼女の後ろ姿を見送る。その気配が完全になくなったことを確認すると、音もたてずに窓際《まどぎわ》へと忍び寄った。

瑯の背に担《かつ》がれた天祐が、身を乗り出した。

「――志宝！」

小声で呼びかける。

しかし、返事はない。気づかなかったのか、と天祐はもう一度「志宝！」と呼んだ。

こつこつと、床を打つような音が聞こえる。

やがて、内側から窓が開かれた。

杖《つえ》をつき、目を丸くした志宝が顔を覗《のぞ》かせる。

「……天祐？」

「よかった志宝、家に戻れたんだね！」

「な、なんでここに――」

「ごめん、あの時約束守れなくて。ちょっとその、いろいろあって戻れなくて。君が無事でよかったよ」

志宝は口をぱくぱくさせ、さらに天祐を背負った人物が瑯だと気がつくとますます呆気《あっけ》にとられた。

「もう行かなくちゃ。君がどうしてるか心配で、無理言ってここに連れてきてもらったんだ。元気そうで安心した」

じゃあ、と去ろうとする天祐に、呆然としていた志宝は慌てて声をかけた。

「……あっ、あのっ！」

「え？」

「僕も、心配してたんだ！　君のこと！　いきなりいなくなったから……」

「うん、ごめんね」

「ねえ、また会える？」

「うん、都に来ることがあったら寄るよ。――あ、そうだ！　そういえば僕ね、君と親戚みたいだよ！」

「え?」

「それでね、僕の妹と君が結婚するかもしれないみたい」

「ええ?」

「天祐、人が来る。もう行かないと」

　瑯が耳を澄ませながら言った。

「うん、わかった。志宝、次また会えたら詳しく話すよ。その時は君の話も聞かせて」

　瑯はさっと窓から離れて、一気に塀の傍の背の高い木に登った。志宝はその様子をぽかんと眺めている。

「──志宝? 話し声が聞こえたけど、誰かいるの?」

　珠麗が戻ってきたようだった。

「な、なにも。あの……この詩を諳《そら》んじてただけ!」

　ごまかすような志宝の声を背に、瑯と天祐は塀を越えた。


　追っ手に見つかる可能性はあるものの、芳明の足取りを追うのにまた獣道を行くわけにはいかなかった。二人は都を出ると、用心しつつも街道を進み、途中の宿場町や小さな集落まで足を延ばして訪ね歩いた。

しかし芳明も目立たないように行動しているのか、手がかりはなかなか得られない。

「お母さんが村にいる時は、すぐに見つけられたんだよ」

ある町で、露店で買った糖葫芦《タンフールー》を頬張りながら天祐が言った。

「お母さんが村に帰ってくるとね、いっつも男の人が寄ってくるから。そういう人が群がってる場所を探すと、真ん中にお母さんがいるんだ」

「なるほど。賢い探し方だ」

「ほら、あんな感じに」

天祐が差した先には、人だかりができていた。

「あんなに？」

「あそこまで多くなかったけど。――なんだろう？」

軽快な拍子《ひょうし》で、太鼓の音が響いてくる。

人垣の向こうに火が立ち上るのが見えた。わぁっと歓声が上がる。

覗き込んでみると、口から火を吹いている男が見えた。その後ろでは、三人の男が軽業《かるわざ》を披露《ひろう》して喝采《かっさい》を浴びている。芸人一座が興行を催《もよお》しているらしい。

天祐がぴょこぴょこと飛び上がる。

「見えない」

卿はおもむろに屈《かが》み込み天祐を肩車してやると、ゆっくり立ち上がった。

「わあー！」

「見えるか？」

「うん！　すごーい！　高いー！」

天祐は満足そうに目を輝かせた。

喝采とともに、あちこちから籠《かご》に貨幣《かへい》が投げ入れられていた。卿は天祐に「ほれ」と銅貨を渡し、天祐が嬉しそうにそれを籠に入れた。

今度は琵琶《びわ》を手にした、異国風の装束《しょうぞく》の女が登場した。真紅《しんく》の衣装は目元以外のすべてを覆い隠しており、猫のような瞳だけが蠱惑《こわく》的に露《あらわ》になっている。彼女が琵琶を奏《かな》で始めると、そこへ仮面をつけた女が進み出た。彼女は手足に鈴をつけており、軽やかな音を響かせながら舞い踊る。こちらもどこか西の香りを感じる風体《ふうてい》で、大胆に臍《へそ》を出し、側面に切れ込みが入った薄手の裳裾《もすそ》からは白い足が惜しげもなく見え隠れしていた。

見事な演奏と物珍しく華やかな舞に、人々はすっかり目を奪われていた。ほうっという感嘆の吐息《といき》が、そこここから聞こえてくる。

「――――鹿じゃ」

ぼそりと瑯が呟いた。

「え？」

天祐が怪訝《けげん》そうに、瑯の顔を覗き込む。

「鹿？　どこに？」

きょろきょろと不思議そうにあたりを見回すが、獣の姿はどこにもない。

瑯の視線の先にあるのは、舞を披露している女だった。

しなやかな動きは、まるで鹿が野を駆けるよう。美しく輝く髪は極上の毛並みを思わせ、鈴の音は鳴き声にも聞こえた。

以前にも、こんな鹿を見た。

あれは初めて後宮《こうきゅう》に入った日だ。

猫が現れて、手を伸ばして抱き上げた。そこに美しい鹿が駆け込んできたのだ。

踊る女の顔は、仮面に隠れている。

それでも、仮面の下で微笑を浮かべた口元も、たおやかに動く指先も、悩ましげに傾げる首筋も、どれも目に焼き付けるようにして覚えている。

ふと、仮面の奥の瞳が、吸い寄せられるようにこちらに向くのがわかった。

女は突然、力が抜けたように動きを止めた。まだ演奏を続けている琵琶奏者は、不審そうに彼女を窺《うかが》っている。

すると舞姫は唐突に、自分を取り囲む観衆の中に飛び込んだ。

騒《ざわ》めく人々をもどかしげに掻き分けながら、自らの仮面を剝《は》ぎ、投げ捨てる。

太陽に照らし出された、その白い面《おもて》。

「――天祐！」

芳明は泣きだしそうな、震える声を上げた。

人垣の上に上半身を覗かせた息子に向かって、両手を伸ばす。

それが自分の母であると気づいた天祐が、身を乗り出した。

「お母さん！」

卿の肩から降りた天祐は、駆け寄ってきた芳明に飛びついた。小さな体を抱きとめると、芳明は確かめるように何度もその顔を覗き込み、頰を包み、抱きしめる。

「天祐！　天祐！」

涙で顔をくしゃくしゃにしながら、芳明は肩を震わせていた。

「よかった……天祐！」

「お母さん、ずっと探してたんだよ」

「うん……ごめんね」

「都にも行ったし、村にも帰ってみたし、それからまた都に行って――」

「うん……うん。よく顔を見せて。どこか痛いところはない？　怖い目に遭《あ》わなかった？」

「大丈夫だよ。瑯兄ちゃんと一緒だったから」

芳明は涙に濡れた顔を上げた。

少し離れて二人を見守っていた瑯の姿を捉《とら》えると、芳明の頰を流れる涙がさらに量を増したように見えた。

「………嘘」

瑯は久しぶりに目にしたその姿に、思わず微笑んだ。

蹲《うずくま》っている芳明の目線に合わせて、膝をつく。

「渡したいものがあるんだ」

懐《ふところ》から包みを取り出す。差し出したのは、透き通るように白い瑪瑙《めのう》の佩玉《はいぎょく》だった。

「兎や雉《きじ》では喜んでもらえなかったから、考えた」

「え？」

「人間の求婚は、こういうものを贈るのだろう？」

芳明が目を見開く。

「気に入らないか？」

「ち、違う、そうじゃなく――」

涙を拭《ぬぐ》って、芳明は戸惑《とまど》ったように言った。

「ほ、本気なの？」

「うん」

「だって……私は……あんたより年上だし……」

「知ってる」

きょとんとした様子で、瑯は頷く。

「子どももいるし……」

「知ってる」

もう一度、頷く。

困ったように、芳明は天祐の様子を窺った。すると天祐は、

「僕、お邪魔なら少し外そうか？」

と妙にませたことを口にする。

「いや、天祐にも聞いてほしい」

瑯が真面目《まじめ》な顔で言った。

「天祐と一緒に芳明を探してる間、ずっと考えてた。俺は天祐に弓を教えて、芳明はそれ

を見ながら一緒に笑っていて……そんなふうに三人で暮らせたら、きっと楽しい」

「瑯――」

「三人で一緒にいたい。芳明は嫌か？」

芳明は震える唇をわずかに開き、そして閉じる。

ぼろぼろと、涙が再びこぼれ始めた。

その様子に瑯はぎょっとする。

「な、なんぞ、気に障《さわ》ることを言うたがじゃろうか……？」

芳明は、佩玉を差し出す瑯の手を両手で包んだ。

「……ずっと、考えてた」

「む？」

「あんたが、傍に、いたらって――」

嗚咽《おえつ》を漏《も》らしながら佩玉を受け取ると、芳明は瑯の胸に顔を埋《うず》めた。

瑯は少し驚いたように目を見開き、やがて彼女の背に手を回してその細い体を抱きしめた。泣きだしそうな、しかし震えるほどに嬉しそうな笑みを浮かべながら。

「――でも」

芳明が言って、顔を上げた。

「天祐が許してくれるなら、だけど……」

二人の視線を受けた天祐は、目をぱちぱちとさせた。

「最初は三人で暮らすのもいいけど、弟と妹も欲しい」

芳明は一瞬ぽかんとして、やがて我慢できずに笑いだした。そして息子を片手で引き寄せ、瑯と三人で笑いながら抱き合った。

「え？」

「――あ、でも僕もう、妹がいるんだった。そのうちまた会いに行ってもいい？」

芳明が真顔になる。

「妹って……なんのこと」

「お父さんの家で会ったの。可愛かったー。僕ね、お兄様って呼ばれてたんだよ！」

誇らしげな天祐に、芳明は当惑《とうわく》したように口元に手を添えた。

「お、お父さん？　……まさか」

「天祐は唐智鴻の家にいたんだ」

「なんですって⁉」

「そこから連れ出してきた。だから、唐智鴻が俺たちを探してる」

「会ったの……⁉　あの人に⁉」

「うん。でも僕、お母さんが言うほどお父さんとは似てないと思う」

その言葉に、芳明は涙に濡れた目を瞠《みは》った。

そして、わずかに苦い笑みを浮かべる。

「そうね……似てないわ」

もう一度、息子を強く抱きしめた。

やがて大きく息をついて、ようやく落ち着きを取り戻したように周囲を見回す。

「私も彼に追われてるのよ。だからこうして、旅芸人に交じって顔を出さないように移動していたんだけど……」

突然中断した見世物に、観客たちは首を傾げて騒めいていた。中には、芳明たちの様子を興味深そうに窺っている者もいる。

場を繋ぐように琵琶奏者の女が演奏を再開し、ほかの踊り手が出てくるのが見えた。

「とりあえず、ここは目立つわ。移動しましょう」

「いいのか?」

「ええ。事情は話していないけれど、私が訳ありだっていうことはわかってくれている人たちなの。——さぁ、こっちへ」

人々の視線が新たな踊り手に向いているうちに、三人はひっそりとその場から姿を消した。

四章

春になっても、夜はまだ肌寒い。

眉娘《びじょう》は燭台《しょくだい》の炎が揺らめく中で、黙々と筆を滑らせていた。しかしふと筆を止め、くしゃくしゃと紙を丸めて放り投げる。彼女の周りには、そんなふうに団子《だんご》状になった紙がいくつも転がっている。

飛蓮《ひれん》の姿を描くと決めてからというもの、本人を前に素描《そびょう》を繰り返した。冬の初めに飛蓮が燦国《さんこく》へ旅立ってからは、帰国するまでには仕上げたいと考えてさらに熱を入れた。しかし、一向に描き上がる気配はない。

筆で輪郭《りんかく》を描こうとした途端、摑み取ったと思えたものが、手の中からするりと逃げ出していってしまうような感覚に襲われる。

「はぁ……」

がっくりと項垂《うなだ》れる。

（やっぱりご本人がいないと……でもご本人がいたところで私の腕では……）

密《ひそ》やかに、扉を叩く音が響いた。

「――眉娘さん」

柏林《はくりん》の声だった。こんな夜更《よふ》けにどうしたのかと思いながら、眉娘は扉を開ける。

「はい？」

「ごめんね、夜遅く。入ってもいい？」

「ええ、どうぞ」

焦《あせ》った様子でやってきた柏林は、おもむろに懐《ふところ》から一通の書状を取り出した。

「飛蓮から文《ふみ》が届いたんだ。ようやく帰ってくるんだって」

「本当ですか？　じゃあ、燦国との交渉が上手《うま》くいったんですね」

「そうみたい。それで援軍と、皇后として迎える燦国の公主《こうしゅ》を連れて帰ってくるらしいんだけど……」

柏林は不可解そうに眉を寄せた。

「何か、俺と眉娘さんに頼みたいことがあるんだって」

「頼みですか」

「今、浙鎮《せっちん》に向かっているらしいんだ。それで浙鎮へ入る前に、できるだけ早く僕らにここへ来てほしいって……」

指定されていたのは、浙鎮の手前の小さな町にある宿だった。

「どういった用向きなんでしょう？」

「会ってから話すって書いてある。このことは誰にも言うなって……よっぽど重要なことなのかな」

「もしかして、雪媛《せつえん》様に関することでしょうか？」

雪媛の行方《ゆくえ》がわからなくなって、随分《ずいぶん》と経《た》っていた。並び立った二人の皇帝たちは、今も彼女を探し求めている。

「燦国で、雪媛様が見つかったのかもしれません！」

眉娘の言葉に、柏林も頷《うなず》いた。

「そうかも！　──眉娘さん、朝になったらすぐここを発《た》とう」

「はい！」


早朝、二人は浙鎮を出発した。呼び出された宿までは普通に歩けば半日ほどの距離だ。できるだけ目立たず来るように、という飛蓮からの指示に従って、人目を避けるように迂回《うかい》しながら進み、ようやく辿《たど》り着いたのは夕暮れ時だった。

指定されていた宿に入ると、飛蓮が誰かと卓を挟んで話し込んでいるところだった。

「——飛蓮！」

柏林が破顔《はがん》して駆け寄った。

飛蓮の顔は、少し疲れているのか以前よりも覇気がないように見えた。それでも彼の美しさは損《そこ》なわれておらず、この表情も描いてみたい、と眉娘は思わず筆に手を伸ばしそうになる。

「柏林、眉娘！　来てくれたか」

「飛蓮、なんかやつれた？」

「やつれもするさ……大変だったんだ」

なぁ、と向かいの男性に同意を求める。

「潼雲《どううん》さん、お久しぶりです」

顔見知りらしく、柏林が彼にぺこりと頭を下げた。

「眉娘は初めて会うな。潼雲だ。仙騎軍《せんきぐん》で、雪媛様の護衛を務めていた。今回の燦国行きに同行してもらって、いろいろと世話になった」

「は、はじめまして」

「潼雲、眉娘だ。流刑地《るけいち》で雪媛様のお世話をしていたんだが、絵の才能があるということで雪媛様から俺が預かっている」

「雪媛様が、流刑地で？」

潼雲は少し面食らったような表情を浮かべ、やがて納得したように頷いた。

「――なるほど、飛蓮殿の言う通り、確かにこの二人が適任でしょう」

その言葉に、眉娘は首を傾《かし》げた。どういう意味だろうか。

「それで、俺たちに頼みってなんなのさ？　こんなところまで呼び出して。もう浙鎮はすぐそこなのに」

するとと飛蓮と潼雲は顔を見合わせ、二人して肩を落とし、はああと大きくため息をついた。

「えっ、何？　どうしたの？」

「……まぁ、とりあえずこっちに来い。見てもらうのが早い」

「見る？」

二人に案内され、眉娘と柏林は上階にある一室に通された。部屋の前に二人の女が控えていて、飛蓮たちを見るとさっと頭を下げて扉を開く。

「あの人たちは？」

柏林がこそっと飛蓮に尋《たず》ねる。

「浙鎮の後宮《こうきゅう》から遣《つか》わされた宮女だ。公主が浙鎮に入る準備のために来ている」

「公主……」

眉娘は飛蓮と柏林の後に続いて部屋に入った。最後に潼雲が続いて扉を閉めると、警戒するようにその前に陣取った。

長椅子に、少女が優雅に腰かけている。

眉娘と同年代と思《おぼ》しき彼女は、入ってきた人間たちの顔を見ても無表情だ。可憐《かれん》、という言葉が似合うと眉娘は思った。大輪の牡丹《ぼたん》ではなく、ひそやかに上品に咲く百合《ゆり》のような風情《ふぜい》で、椅子に掛けているだけで絵になっていた。

（描かせてもらいたいな……）

「燦国の、衛国《えいこく》公主様だ」

「……えっ」

柏林と眉娘は驚いて硬直した。

慌《あわ》てて礼を取った柏林を見て、眉娘も急いで膝《ひざ》をつく。

一体どういうつもりで、自分のような人間を公主のところへ連れてきたのだろうか。

「……この二人ですか？」

公主の言葉に、飛蓮が頷く。

「柏林、眉娘。二人には、こちらの公主と一緒に後宮へ入ってほしい」

意味を飲み込むのに時間がかかり、眉娘も柏林もしばらく目を丸くしたまま何も言葉が出てこなかった。

「…………後宮？」

「そうだ。宮女として」

「…………？？　俺、男だけど」

柏林が困惑《こんわく》していると、飛蓮が重々しく頷いた。

「だからだ」

「何言ってんの？」

「秘密を守れる人間が必要なんだ」

潼雲がそう言って、公主の傍《かたわ》らに立つ。

「こちらにいらっしゃるのは、本物の衛国公主ではない」

「は⁉」

「そして――女でもない」

「…………⁉」

目を白黒させる眉娘と柏林に対し、偽者《にせもの》の衛国公主はこくりと頷いた。

「はい。申し訳ないのですが、僕は公主ではないのです。本物の公主は、行方がわかりません」


話は、飛蓮と潼雲が燦国を発ったところまで遡《さかのぼ》る。

無事に交渉を終え、公主を伴い帰路についた時、飛蓮も潼雲も安堵《あんど》とともに大きな不安も抱《かか》えていた。

このまま帰国しても、この公主が無事でいられるとは思えなかった。雨菲《うひ》は彼女を排除しようとするだろう。そして皇后として迎えても今の碧成《へきせい》が彼女を愛するとは考えにくく、かつての安《あん》皇后のように名ばかりの存在になることは目に見えていた。

何より、雪媛不在の間に新たな皇后が立つことを、彼ら自身喜べないものがある。

燦国との交渉は、当初難航した。瑞燕国からの援軍要請と公主との縁談の申し出に、燦国側は検討するとだけ言って飛蓮たちを留《とど》め置き、そのまま何の進捗《しんちょく》もなく半月が経過した。高葉《こうよう》を滅ぼしたとはいえ、その後すぐに内戦状態となり混乱している瑞燕国《ずいえんこく》に与《くみ》することが自国にとって利となるのか、態度を決めかねた燦国は意図的に決断を引き延ばしているようだった。

飛蓮と潼雲は、雪媛の行方もわからないまま、環王《かんおう》と碧成との間に緊張状態が続く瑞燕国から長く離れていることに焦燥《しょうそう》を感じていた。そこで、いい加減しびれを切らした飛蓮は、燦国の皇太后《こうたいごう》と接触することを目論《もくろ》んだのだった。

燦国の皇帝は幼く、その母である皇太后とその一族が権力を握り国を動かしている。この皇太后を攻略することが、交渉を成立させる上での最短の道だ。

宮女たちを誑《たら》し込み、彼女たちの協力で皇太后と偶然を装って顔を合わせる機会を得、やがては皇太后の居殿《きょでん》に度々《たびたび》招かれるまでになった。

そうしてついに、飛蓮たちは援軍と公主を得て帰国することに成功したのだ。

「本気出した時の飛蓮殿、えげつないですよね……」

帰国の途につきながら、思い出すように潼雲が遠い目で嘆息《たんそく》した。

「あ、これは褒《ほ》めてます」

「もっと褒めてくれ！　我ながらよくやったと思う！」

飛蓮は潼雲の肩に手を置き、目頭《めがしら》に手を添えた。

「ええ、もはや神業《かみわざ》でしたよ。飛蓮殿こそ瑞燕国の真の英雄といっても過言ではないかと」

「そうだろうそうだろう？　俺の自己犠牲は、後世まで末永く語り継がれるべきだ」

「ええ、ええ。もう俺は飛蓮殿に足を向けて寝れません。そして自分の妻になる女には絶対に会わせません」

「なんだ、婚礼にも呼ばないつもりか」

「俺の人生をぶち壊す気ですか。――予定はないですけども」

「はぁー、当分女と関わりたくない。疲れた。白粉《おしろい》の匂いにもうんざりだ」

「皇太后様、わざわざ見送りにまで来てましたもんねぇ。公主を見送るという名目でしたけど、飛蓮殿のほうばかり見てるの丸わかりでしたよ。一体、どんな手練手管《てれんてくだ》を使うと、女があんな蕩《とろ》けた飴《あめ》みたいになるんですか？」

するとと飛蓮は潼雲の顔を見上げ、妖《あや》しい目つきで頬を寄せた。つう、とその指が顎《あご》を摩《さす》る。

「――知りたいか？」

蠱惑《こわく》的な微笑を向けられ、潼雲はぎくりとして思わずのけぞった。

飛蓮はからからと笑って手を放す。

「これが通じない相手もたまにいるからな。今回はうまくいってよかった」

「さすがですね……ちょっと道を踏み外すかと思いましたよ。本当やめてください」

まだどきどきしている様子の潼雲が、気圧《けお》されたようにごくりと息を呑む。

「あの、これはあくまで後学のために伺《うかが》いますが、女をあそこまで誑《たぶら》かすとなると……その……やはり最後まで？」

「うん？」

「ですから、つまり――床《とこ》をともにされているんですか？」

飛蓮は少し目を瞠《みは》った。

「正直、独《どく》家の奥方まで籠絡《ろうらく》していたと聞いた時には、一体どうやってと驚いたんです。俺はあの方のことよく知っていますからね……俺も手段は選ばないほうだと自負していたんですが、それはなかなか厳しいものが……いやぁ飛蓮殿さすがだなと……いえ、決して引いてるとかじゃないんですよ？　でもなんていうか複雑……いや、一周回って尊敬……」

潼雲はうーんと険《けわ》しい表情で唸《うな》っている。すると飛蓮は、くつくつと笑いだす。

「なに想像してるんだ、この助平」

「んなっ……？」

「俺は男娼《だんしょう》じゃないんだぞ。この身はそう安くない」

「え？　では、一体どうやって……」

「喉《のど》が渇《かわ》けば渇くほど、水のことしか考えられなくなるものさ。金を渡せば次こそは、望みを叶《かな》えれば今度こそは俺と夜を過ごせるかも――と、常に相手に思わせるのが重要なんだよ」

「お、おおおー。なるほど、奥が深い」

　潼雲は感心したように目を輝かせる。

「今、心の覚え書きに記しました」

「……そんなのあるんだ？」

「あれほどの膠着《こうちゃく》状態だったというのに、皇太后様の一言で本当にあっけなく話が進みましたからね。誰が権力を持っているのか一目瞭然《いちもくりょうぜん》で、他国のことながらなにやら複雑な気分になりましたよ」

「燦国の皇帝はこれから大変だな。少し同情する。大人になれば、一番の敵は実の母だ。十年後にはあの国もどうなっているか……」

「やはり皇帝の母という立場は強固なものですね。……後宮の女たちが競って皇子を産もうとするのもわかります」

「独芙蓉《ふよう》のことを考えているのか？　それとも、雪媛様か？」

「え……」

「――両方かな」

飛蓮が見透かしたように言うので、潼雲は視線を逸《そ》らした。

燦国への道中、時間だけはたっぷりとあったので、飛蓮と潼雲は図らずも互いをよく知ることになった。彼がかつては芙蓉を想って彼女に仕《つか》えていたこと、そして母親を殺されていたことも、気づけばすっかり話してしまっている。

飛蓮もまた父親を独家によって失い、それがその後のすべての悲運の始まりとなっている。独家によって家族を奪われ人生を狂わされた者同士、互いの気持ちを察することも自然と増えた。

潼雲の芙蓉に対する感情は、今も複雑だ。それを、飛蓮は見抜いているのだろう。

「独賢妃《けんひ》は、もちろん皇子を産み、皇帝の母になりたいと思っていたでしょう。ですが、それよりも……純粋に陛下を想っていたと思います」

しかし、と潼雲は続ける。

「雪媛様は、確かに力を求めておいでです。だからといって、例えば燦国の皇太后のようになりたいわけではないのだと思っています。ご本人がそう仰《おつしや》ったわけではないですが……」

「そうだな……」

飛蓮も潼雲も、雪媛が本当に求めているものが何か、彼女の口から聞いたわけではなかった。だが、少なくとも彼女は、後宮の女性《にょしょう》として考えられ得る最高の境遇にも、収まりきらないであろうということは想像できた。

「戻ったら、雪媛様の消息がわかっているといいが」

「ですが、あの陛下のもとに戻られることが、雪媛様にとってよいことかは疑問です」

碧成が雪媛にした仕打ち、それに現在の彼の精神状態を考えると、雪媛がまた後宮に入ることは安全とはいえないだろう。

「それに、衛国《えいこく》公主のこともあります。我々がこうして更なる問題の種を連れ帰ってしまうと思うと、気が重いですよ」

「そう言うな。潼雲は今回、本当によくやってくれた。戻ったら何より潼雲が出世できるよう取り計らうつもりだ。そもそも潼雲がいなかったら、無事に燦国まで辿り着けてないからな」

まずもって瑞燕国を出るまでが、すでに大変だったのだ。

初めは、燦国との同盟を阻《はば》もうと環王が差し向けた刺客《しかく》に襲われた。これは、潼雲が斬り捨てた。次に、引き連れていった兵の中に唐智鴻《とうちこう》に買収された者がいて、飛蓮を暗殺しようとした。これも、潼雲が異変に気づいて難を逃れた。

ようやく国を出ると、旧高葉国領では瑞燕国内の内紛に乗じて反乱が各地で起きており、瑞燕国から来た飛蓮たち一行は幾度も襲撃されるはめになった。その都度《つど》、潼雲の指揮により危機を回避し、あるいは賊の一団を打ち破った。

「潼雲についてきてもらって、本当に正解だった。心底感謝している」

「ありがとうございます。ですが、これから無事に国へ戻るのも、平坦な道のりではなさそうです」

「まぁ、今度はこちらも一軍を引き連れてきているんだ。行きよりは潼雲にかける負担も少ないだろう」

「そうですね。……ところで、俺は公主の顔をまだ一度も見ていないのですが、飛蓮殿はお会いになりましたか？」

「いや」

出立《しゅったつ》当日、馬車に乗り込んだ公主は頭から被《かぶ》りものをしていて、素顔は窺《うかが》い知れなかった。以来、旅の道中でもほとんど姿を見せず、一緒にやってきた侍女《じじょ》たちが身の回りをすべて取り仕切っている。

「今後のためにも顔を売っておこうと思ったんだが、話しかけようにも侍女が間に入るし、食事の際にも人目を避けるし……」

「万が一公主が飛蓮殿に心奪われて、陛下に嫁《とつ》ぐのは嫌だなどと言いだしたら問題ですから、むしろこれでよいのでは？」

しかし、燦国を離れるにつれて、不可思議なことが起き始めた。

公主に付き従ってきた侍女たちが、ひとり、またひとりと姿を消していったのだ。夜のうちに逃げ出したらしかった。

「恐らく、国へ逃げ戻ったのです。他国へ行くことを、皆本心では受け入れがたく思っていたので……」

最年長である侍女が、青い顔でそう説明した。

「しかし、これではもうあなた以外、誰も残っていないではないですか」

この侍女以外の女がすべて消えた朝、潼雲は困惑《こんわく》して言った。

「ひとりでは何かと大変でしょう。あともう少しで瑞燕国です。浙鎮へ入る前に、支度のために後宮から迎えを寄こさせます。それまでは、何かあれば私に言ってください」

飛蓮がそう言って微笑むと、侍女は恐縮したように頭を下げた。

公主は馬車の中から出てこない。

中まで聞こえるよう、飛蓮は声をかけた。

「公主、ご不便をおかけします。どうぞなんなりと、この飛蓮にお申し付けください」

「…………よろしく頼みます」

小さな返事があった。

「いい機会かもしれない」

その場を離れ、飛蓮は潼雲に囁《ささや》いた。

「どういう意味です」

「頼る者がいなくなった公主。この隙《すき》に、距離を縮められそうだ」

「……まさか本当に公主まで籠絡しようと」

少し軽蔑《けいべつ》するような目を向けられ、飛蓮は胸を張った。

「今後後宮で何かあれば俺を頼ろうと思ってもらえる程度には、よい関係になっておくに越したことはないだろう」

「当分女には関わりたくないって言ってませんでしたっけ?」

「後宮にひとり放っておいたら、公主自身の命が危ういんだぞ」

「しかし飛蓮殿、これは本当にただの偶発的な逃亡なのでしょうか? いくら他国へ行くのが嫌だといっても、こうも揃《そろ》って侍女たちがいなくなるなど……」

その夜、最後のひとりとなっていた侍女までが逃げ出そうとした。

警戒していた潼雲がその現場を押さえ、彼女を連れ戻して飛蓮の前に引きずってくると、侍女は真っ青になって震えていた。

「何故《なぜ》、逃げたのです?」

飛蓮があくまで優しく問いただしたが、女は黙り込んだままだ。

「そんなに、祖国が恋しかったのですか?」

「お、お許しください……」

がたがたと震えている。

「どうか、お許しを……」

「一体、何が理由です? どうか話していただけませんか。ほかの女たちも、何か事情が?」

返事はない。

侍女は俯《うつむ》き、涙を流している。

突然、潼雲の背後から人影が現れて、彼にどんと体当たりした。

「……!」

「潼雲!」

前のめりに倒れた潼雲から剣を奪った人物は、白刃《はくじん》を閃《ひらめ》かせた。しかしそれを振り下ろそうとはしなかった。おもむろに自分の首に宛《あて》がったので、飛蓮も潼雲もぎょっとした。

「その人を、逃がしてやってください」

暗がりに翻《ひるがえ》る衣《ころも》は、公主が着ていたものに相違なかった。

「公主様⁉　何を――」

「そうでなければ、私は自分を傷つけるでしょう。それは困るのではないですか」

小柄な少女だった。

ほっそりとした面《おもて》はまだあどけなさが残っている。だが、感情の窺い知れない表情で、その黒い瞳ばかりがぽっかりとこちらを見つめていた。

「おやめください、公主様！」

「近づかないでください」

潼雲が手を伸ばそうとすると、彼女はさらに剣を首筋に押し当てた。

「さぁ、行ってください」

公主が侍女に、静かに告げた。

驚いて呆然としていた侍女は、「どうして」と呟《つぶや》く。

「お世話になりましたので」

すると侍女は顔を覆《おお》い、泣きだした。

「――どうして逃げなかったの！」

「私までいなくなっては、騒ぎが大きくなるでしょう。あなたが逃げ切るまでは、時間を稼《かせ》ごうと思ったのです」

「もういいわ。……もう、これ以上は無理よ」

嗚咽《おえつ》する侍女に、公主は困ったように剣を下ろした。

わけがわからず、飛蓮と潼雲は顔を見合わせた。


その後、ようやく落ち着いた侍女から聞き出した話は、こうである。

燦国出立の前夜、就寝時までは確かに本物の公主がいたのだという。

しかし翌朝、公主を起こしに行くと寝室はもぬけの殻《から》で、どこを探しても見つからない。

こんなことが皇太后に知れれば、公主の側《そば》に仕えていた侍女たちもただでは済まなかった。

しかし出立の時刻は迫っている。

幸い、公主は嫁ぐ女の証《あかし》として頭から布を被っていくことになっていた。密かに公主を探すように懇意《こんい》の武官に話をつけ、ひとまず身代わりを立てようと、彼女たちは話し合った。最初、身代わりに選ばれたのは宮女のひとりで、公主と背恰好《せかっこう》が似ていたのだという。

しかしこの宮女、あまりに恐れ多い大役にすっかり怖《お》じ気《け》づき、準備の最中《さなか》にいなくなってしまった。ほかの宮女たちも及び腰になり、自分には無理だと言って聞かない。

そんな時に偶然目に留《と》まったのが、厨《くりや》で下働きをしている少年だった。公主の持参品を荷馬車に積み込むための手伝いをしていた彼を、侍女が呼び寄せた。背恰好は公主と同じくらい、顔立ちが整っていて、化粧をすれば十分に少女に見えるだろうと思ったという。

「今思えば、浅はかでした。ですがあの時は、もうほかにどうしようもなくて――皆、切《せっ》羽詰《ぱっ》まっていたんです」

本物の公主が見つかり次第、すぐに入れ替わらせるつもりだった。しかし、燦国を出て以来、いつまで経《た》っても見つかったという知らせはない。

事情を知っている女たちは、このまま瑞燕国へ辿り着いてしまえば必ず事実が露見し、自分たちは罰を受けて殺されるだろうと考えた。

そうして、彼女たちは逃げ出した。

最後まで残った侍女も、限界を感じて逃げることにした。

身代わりにした少年にも、逃げるようにと言い残して。

「――で、今に至る」

説明を終えた飛蓮に、柏林が呆《あき》れたように嚙みついた。

「なんで⁉　どうしてそれで今に至るのさ⁉　燦国に戻って、偽者《にせもの》を寄こされたって訴えなよ！」

「もちろん、俺もそう考えた。――だがな、燦国としては認めるわけがない。向こうはあくまで、公主を送り出したつもりなんだ。むしろ俺たちが、道中で公主を見失った失態を燦国のせいにしようとしている――と糾弾《きゅうだん》される恐れがある。そうなれば瑞燕国の立場は悪くなり、援軍もなしだ。こちらにとって最悪の状況になる」

「だ、だからって、それでその身代わりの子を連れてきたの⁉」

偽公主は無表情に、言い争う彼らを静かに眺めている。

「本物の公主はどうなったの？」

「探していた武官が、その後追いかけてきてな。――どうやら、公主は駆け落ちしたらしい」

「駆け落ち……」

「好いた男がいたらしいんだ。そいつも行方が知れない。それで、二人はどうやら朔辰国《さくしんこく》へ逃げたようだ、というところまではわかったんだが、それ以降の足取りは追えなかった。その事実を伝えたとしても、燦国としてはそんな外聞の悪い話を受け入れないだろう。むしろここぞとばかりに、俺たちに責任をなすりつけるに決まっている」

「だからって……まさか本当にこの子を連れ帰って、瑞燕国の皇后にしようと……」

頭を抱えている柏林の横で、眉娘はまじまじとその偽者の公主を眺めた。

どこからどう見ても女の子に思えた。同じように感じたのだろう、柏林も改めて、

「……本当に、男?」

と訝《いぶか》しげに尋ねる。

「男です」

悪びれる様子もなく、偽公主は頷いた。

「脱ぎましょうか?」

ためらいもなく衣を脱ごうとするので、「いい、いいから!」と柏林が慌てて止めた。見た目が本当に女の子なので、なんとなく裸を見るのは憚《はばか》られた。

「正真正銘男だというのは、俺と潼雲が確認済みだ」

「身代わりを立てるにしても、せめて女の子にしなよ!」

飛蓮は耳が痛いというふうに、げんなりした表情を浮かべる。

「こんな危ない話で身代わりになろうという女がどこにもいないから、こういうことになってるんだろうが」

「あ、あのう……でしたら、公主は途中で亡くなったことにする……というのは?」

恐る恐る眉娘が提案した。

「それだと、燦国から公主を死なせた罪に問われるだろうし、援軍の話もなかったことになって、瑞燕国からも咎《とが》めを受ける。どちらにしても、俺も潼雲も重罪人だ」

「本気なの？」

「……俺だって最初は、頭を抱えたんだ。いっそこのまま逃げ出そうかと思った」

「しかし、考えようによってはこれは好機である――と、俺が飛蓮殿に進言したんだ」

潼雲が言った。

「皇后の座は、本来雪媛様のものだった。そこに他国の公主が据えられるのは、我々としては受け入れがたいし、雪媛様が戻られる時までこれを空けておきたい。その点、彼は本物の皇后になりえないから、我らにとっての脅威がひとつ消せることになる」

「その前に、ばれるでしょ！　皇后って、だって、つまりその……陛下との夜のこととか……あるでしょう!?」

「長旅で体調を崩したことにして、しばらくは寝込んでもらう」

「それでもいつかは――」

潼雲は「いや」と首を横に振り、妙に確信を持った言い方をした。

「公主が後宮に入っても、今の陛下の状態であれば恐らく見向きもしないはずだ。雨菲様への依存が激しいし、そもそもそれ以上に、雪媛様に執着している。完全に政略結婚だった安皇后とも、初夜を除けば一度も床《とこ》をともにしなかったそうだ。……なにより、陛下が公主に興味を持つことを嫌って、積極的に妨害してくれるありがたいお方たちがいるだろうからな、後宮には」

飛蓮も頷いた。

「そう、雨菲様や独賢妃は、皇后としてやってきた公主を快《こころよ》く思わないに決まっている。陛下から勝手に遠ざけてくれるはずだ」

「だけど、後宮って女ばかりなんだよ？　何かの拍子《ひょうし》にばれるかも……」

「そこでお前と眉娘に頼みたいんだ。公主の側《そば》についていてほしい」

「俺、男だってば」

「大丈夫。お前小柄だし、化粧すれば女で通る。元女形の俺が言うんだから間違いない」

「嬉しくない！　俺、絶対もっと身長伸びるから！　いつか飛蓮のこと追い越すんだからね！」

「わかったわかった。――で、公主が男では、女だけでは困ることや気の回らないこともあるだろう。そこをお前に助けてほしい」

「……その、最後に残ったっていう侍女は？」

「結局あの後、いなくなったんだ。誰かが逃がしたらしい――」

偽公主をちらりと見やって、潼雲が苦々しげに言った。女の子にしか見えない少年は、悪びれる様子もなく平然とした態度を崩さない。

眉娘は遠慮がちに口を開く。

「あのう……ですが、当面はそれでなんとかするとしても、ずっとそのままというわけにはいかないのではありませんか。だって、そうでなければ……彼は生涯女として生きなくてはいけないということでしょう？　それはあんまりです」

「環王との戦いに決着がつくまでのつもりだ。勝つか負けるか――いずれにせよ、その混乱に乗じて公主は病《やまい》で死亡したことにする」

「……あなたは、それでいいんですか？」

公主の恰好をした少年に、眉娘は尋ねた。

すると少年は当たり前のように涼しい顔で、

「精一杯努めます」

と答える。

飛蓮が苦笑した。

「俺と潼雲がこんな無茶を通そうと思えたのも、彼が思いのほか頼もしかったからだ。落ち着きがあって何事にも動じない。これなら後宮でもやっていけるんじゃないか、とな」

「ですが、故郷へ帰りたいのでは……」

少年は首を横に振る。

「僕は家族もいませんし、特に戻りたいとは思いません。女の人が辛《つら》い思いをするより、僕で代わりになるならそのほうがいいと思います」

可憐な美少女の見た目にそぐわない、妙に男気溢れる答えだった。

「いずれ後宮を出たら、俺の屋敷で引き取るつもりだ。国に帰りたければ帰すし、援助は惜しまない。協力してくれたことに対する報酬も、十分に用意する」

「ありがとうございます。僕はそれで、異存ありません」

眉娘と柏林は顔を見合わせた。

「もし、俺と眉娘さんが協力するとして、そんなうまいこと宮女として潜《もぐ》り込めるの？」

すると潼雲が扉を開け、身なりの良い女がひとり、姿を見せた。

「――ご心配なく。私が取り計らいます」

そう言って、如才《じよさい》ない笑みを浮かべる。

「彼女は鷗頌《おうしよう》。雪媛様に仕えていた後宮の女官だ。公主の支度を整えるためにここに遣わされている」

「今の後宮はいろいろと問題も多くて、宮女の出入りが激しいのです。環王がいつ攻めてくるかわからない――と逃げ出す者も少なくありません。二人くらい、その穴埋めとしてすぐに受け入れられます」

もうすっかりお膳立ては整っているらしい。

（これは……とんでもないことになってしまったわ）

自分にそんな大役が務まるのだろうか、と眉娘は不安に思いながら、しかしもっと不安であるはずの偽公主が泰然《たいぜん》としているのが不思議だった。

眉娘は少年に向かって尋ねた。

「あの、お名前はなんというのでしょう？」

「衛国です」

徹底している。

「いえ、あの、本当のお名前は……」

ああ、と気づいたように少年は目を瞬《まばた》かせた。

「孔東睿《こうとうえい》です」

「信用できる者でなければ任せられない。――頼む、お前たちしかいないんだ」

そう言って飛蓮は、二人に頭を下げた。

皇帝、というものを、眉娘は見たことがない。

話に聞くだけの、遠い雲の上の存在だ。

雪媛と出会った時、この美しい女性を妻とする人がこの世にいるのだな、と初めて生身の人間としての存在を感じた。

だが、まさか自分がその側近くに身を置くことなど、想像もしていなかった。

衛国公主――もとい、東睿のお付きとして浙鎮へやってきた眉娘は、皇帝のもとへと案内されていく東睿の後に続きながら、ひどく緊張していた。隣では、宮女の恰好をした柏林が同様に硬い表情をしている。

飛蓮が太鼓判を押した通り柏林は十分女の子に見えたので、初めてその恰好の彼を見た時思わず「可愛い！」と口にしてしまった。柏林は情けなさそうな顔をしていて、詰め物をした自分の胸を見下ろしてはため息をついていた。

謁見《えっけん》用の広間に通されると、眉娘の心臓は跳ね上がった。一方で、平然と進み出る東睿の落ち着いた様子は大層心強かった。異国から連れてこられ、とんでもない状況に置かれた少年がこれほど立派にふるまっているのだから、自分もしっかりしなくてはならない。

「燦国の衛国公主をお連れいたしました」

飛蓮が礼を取って首《こうべ》を垂れた。

若い男性と、そして眉娘と同い年くらいの少女が椅子に掛けてこちらを見下ろしている。

「無事に戻られてなによりです、飛蓮殿」

口を開いたのは少女のほうだった。噂《うわさ》に聞く寵姫《ちょうき》、雨菲だろう。

「ねぇ、陛下」

隣の男性に声をかけると、彼はぼんやりとした様子で、

「──大儀である」

とだけ口にした。

すると、東睿の身体がふらりと揺れた。

倒れそうになるのを、慌《あわ》てて柏林が抱きとめる。

「公主様！」

東睿は青い顔で俯き、「気分が……」と呟く。

予定通りである。

飛蓮が気遣《きづか》わしそうに報告した。

「公主は長旅がたたったのか、体調を崩されておられます。しばらくは療養が必要かと」

「まぁ、お疲れになったのでしょう。すぐにお部屋へお連れして。――よろしいですわね、陛下？」

雨菲の言葉に、皇帝は覇気のない顔でこくりと頷くだけだ。

（これが、この国の皇帝陛下……？）

――公主が後宮に入っても、今の陛下の状態であれば恐らく見向きもしないはずだ。

潼雲がああ言った意味が、わかった気がした。

ふらふらとした足取りで、柏林に寄りかかりながら歩く東睿の演技は見事だった。鵬頌に案内されて通された寝室に入り扉を閉めると、ぱっと身体を起こして、

「おかしくなかったですか？」

と尋ねる。

「完璧です、東睿さん」

「本当に具合悪いのかと思うくらいだったよ」

支えていた柏林が目を丸くしている。

鵬頌がふう、と胸を撫で下ろすように息をついた。

「――さあ、あとはできるだけこの居殿から出ないで、おとなしくしていること。挨拶《あいさつ》にやってくる者もいると思うけれど、基本的には臥《ふ》せっているからと言って面会は拒否しま

しょう。立后式《りつこうしき》を執り行おうという話もあるのだけれど、それも当分は見送ってもらうわ。いずれにしろしばらくは、それどころではないはずよ。燦国の援軍を得て、都へ攻め入るつもりなんだから」

「ご苦労をおかけします。僕にできることがあれば、仰ってください」

「あなたはとにかく人目につかないよう、おとなしくしていること。それ以上は望みません」

「わかりました」

「さぁ、体調不良で寝込んでいることになっています。着替えて、布団を被っていてください」

「はい」

東睿は衣を脱ごうとして、手を止める。そうして躊躇《ためら》うように、眉娘と鷗頌のほうを窺った。

眉娘ははっとして、その意味を察した。

(そうだった、男の子なんだわ)

知っていたはずなのに、すっかり女性を相手にしている気分になっていた。

鷗頌は眉娘の肩を叩く。

「眉娘は出ていて」

「は、はいっ」

「私は壁を向いているから。柏林、お願い」

夜着を受け取った柏林が、ちらりと眉娘に目を向ける。眉娘は小さく頷いて、部屋を出た。

扉の前で着替えが終わるのを待ちながら、潼雲に言われたことを思い出していた。

「――二人には、東睿の監視もお願いしたい」

「監視？」

「東睿と侍女の言い分は、今のところ大きく疑う理由はないと思っている。だが、万が一、これが罠《わな》ではないとも限らない」

「罠って……」

「女のふりをして瑞燕国の後宮へ入り、その手で皇帝陛下を害する――そういう計画があるかもしれない」

「ええ⁉」

「まさか……そんな人には見えませんよ」

「念のためだ。このようなことに巻き込まれて、あれほど平然としているのがどうも釈然としない。おかしな素振りがないか、武器になりそうなものを隠し持っていないか、よく見ておいてほしい。勝手な行動は絶対にさせないでくれ。何かあれば、すぐに報告を」

眉娘はため息をついた。

ここでやっていけるのか、不安しかない。

ただ。

──頼む、お前たちしかいないんだ。

あんなふうに、自分を信じて必要としてくれる人がいる。

（それで嬉しいと思うのは、単純すぎるかしら）

こんな自分でも、誰かの役に立つことができるのかもしれなかった。

五章

「──私のお願いを忘れてしまったのかしら、飛蓮殿《ひれん》?」

雨菲《うひ》がにこやかに扇《おうぎ》をはためかせている。

しかし、その目は笑っていない。

「燦国《さんこく》での交渉、大変ご苦労もあったことでしょう。援軍を連れて戻ったことは大儀でした。ですが……話が違うのではなくて?」

なんの約束もした覚えはないので話が違うというのは言いがかりでしかないが、飛蓮もあくまで表面上はにこやかな表情を崩さなかった。

「公主様《こうしゅ》は、体調を崩されております。当分、公《おおやけ》の場に姿を現すことはございません」

「それで満足しろというのかしら」

「私は陛下の臣下でございます故《ゆえ》、この国の益となる方策を取るだけでございます」

「飛蓮殿。女なら誰でも、あなたの思い通りになると思ったら大間違いよ」

「もちろんでございます。――ですが、公主様が私の言葉を無視されることはない、ということはお約束できるでしょう。燦国からの旅路《たびじ》は、有意義なものでございましたので」

雨菲は冷えた目で飛蓮を見据えた。

やがてふう、と息をつくと、出ていけというように扇を畳んで払う仕草をした。

「もういいわ。下がってちょうだい。そして今後、あなたに何かあっても私は味方できないと思っておきなさい」

「……失礼いたします」

（公主は偽者《にせもの》、しかも男だと知れば、陛下の心を奪われる心配もないから逆に安心するのかもしれないが……）

言えるわけがなかった。

雨菲の居室《きょしつ》を退出し、うんざりしながら回廊を歩いていると、子どもの笑い声が聞こえてきた。

平卿《へいろう》公主が中庭で宮女たちと戯《たわむ》れているところだった。それを独芙蓉《どくふよう》が見守っている。

そうしていれば、彼女は娘を慈《いつく》しむひとりの母であり、それ以上にもそれ以下にも見えなかった。慈愛に満ちた微笑みに、嘘はない。

だが、ここにいる華やかな女たちの見た目に惑《まど》わされてはならない。水面下ではすでに、新しい皇后に対する薄暗い思惑《おもわく》が渦巻いているはずだった。

環王軍《かんおう》との戦《いくさ》がついに始まったと眉娘《びじょう》が聞いたのは、若葉が青々と茂り始めた頃だった。初戦に勝利したという報告が入ると、浙鎮中《せっちん》が沸き立った。後宮内《こうきゅう》の雰囲気も明るくなり、宮女たちも浮き足立っている。

「燦国軍と連動して挟み撃ちにしたとか。お蔭で、衛国公主《えいこく》にご挨拶《あいさつ》したいという者が引きも切らない状態なのよ。断るのも大変だわ」

正式に公主の侍女《じじょ》となった鷗頌《おうしょう》が、困ったように語った。

肝心の公主はいまだに臥《ふ》せっている――ことになっている。そのため目論見《もくろみ》通り、碧成《へきせい》が彼女と夜をともにすることもなく、東睿《とうえい》はひたすら部屋に籠《こ》もってやり過ごしていた。

そんな東睿は、手習いの最中だった。もともと文字が多少読める程度だったが、念のため公主らしい教養を最低限身に着けておいたほうがよい、という鷗頌の提案で読み書きや詩歌管弦《しいかかんげん》などを学ぶことになったのだ。

「どう、勉強は進んでいる？」

鷗頌が尋《たず》ねると、柏林《はくりん》が少し興奮気味に声を上げた。

「すごいんですよ、東宥君！　難しい字までほとんど覚えちゃって。それにほら、これ見てください」

柏林が示したのは、緻密《ちみつ》に牡丹《ぼたん》の刺繡《ししゅう》が施《ほどこ》された手巾《しゅきん》だった。

「俺が一から教えたんです。そしたら、こんな綺麗に縫い上げられるようになりました！」

鷗頌が目を瞠《みは》る。

「そう？　覚えがいいのね」

眉娘もいそいそと一枚の絵を取り出す。

「これ、東宥さんが描いたんです。僭越《せんえつ》ながら私が少し、絵の描き方を手ほどきしたんですが……」

こちらには、見事に写実的な月季花《げっきか》が描かれている。

「素晴らしいです。観察力が優れていらっしゃるんだと思います。色使いも華やかで見応《みごた》えがありますし」

「いえ、刺繡もまだ目が粗《あら》いですし、絵もどうにも固すぎる気がします。字はある程度覚えましたが、詩歌となるとその真意を量りかねるものが多くて……とにかく、まだまだです」

東宥は淡々と無表情に、手元で有名な詩歌を写している。その手跡《て》が大層美しく流麗であったので、鷗頌は感心して低く唸《うな》った。

「これは……頼もしいわね」

「東睿さんはとても努力家ですよ。教わったことを夜遅くまで復習されていますし――」

眉娘はふと、怪訝《けげん》な表情を浮かべて口を噤《つぐ》んだ。

外から、何やら騒がしい声が響いてくる。

「雨菲様、皇后様はお加減が……！」

「だから、名医を連れてきたと言っているでしょう」

「いけません、そちらは……！」

勢いよく扉が開くと、雨菲がつかつかと寝所《しんじょ》へと踏み込んできた。眉娘はぎょっとしたが、鷗頌が立ちふさがるようにその前に進み出た。

「雨菲様。皇后様の寝所へそのように押し入るとは、無礼ではありませんか」

「皇后様、お加減はいかがです？」

意に介さない様子で、雨菲はにこやかに東睿に向かって礼を取る。

「皇后様は病人でございます！　このような――」

「病《やまい》と伺《うかが》っておりましたが、顔色もよくお元気そうですわね。そのように机に向かわれているとは」

　東睿は筆を置いて、

「……今日は気分がいいのです」

　とだけ言った。

「本日は、皇后様のために名医を連れてきましたの。我が国へやってきて以来、病が癒《い》えず臥せったまま――これは由々《ゆゆ》しきことですわ。どうかこの者の診察をお受けください」

　雨菲の後ろには髭《ひげ》の長い初老の男が控えている。

　鷗頌は冷静だった。

「皇后様は、長旅による疲れと、慣れない異国での暮らしに体がついてきていないのです。すでに医官の診断が出て、薬も処方されています。その効能でこうして起き上がれるようにもなられました。新たに別の医師に診《み》せる必要はないかと……」

「実は、戦勝会を催《もよお》そうと考えておりますの。それには是非、皇后様にもご出席いただきたいわ」

「戦勝会……？」

　東睿が小首を傾《かし》げた。

「ええ、先日の我が軍の大勝利を祝おうと思います。燦国の援軍あってこその勝利ですもの。燦国公主である皇后様がいらっしゃらなくては始まりませんわ。皆、皇后様とお会いしたいと楽しみにしておりますの。ですから、どうか皇后様にお元気になっていただきたいのです」

「皇后様はまだ、そのような宴《うたげ》の席に出るのは難しいかと――」

なんとか断ろうと鵰頌が口を出す。しかし雨菲は、

「あら、ですがこうして、回復なさっているんでしょう?」

とにこやかに微笑んだ。

眉娘ははらはらとしながらその様子を見守っていた。

「一度勝ったくらいで戦勝会とは、呆《あき》れますね」

その冷たい物言いに、眉娘は耳を疑った。

口を開いたのは東睿だ。

雨菲は面食らったように目を瞬《まばた》かせる。

「え?」

「初戦に勝っただけではありませんか。まだ都を取り戻すことすらできていないというのに、浮かれすぎでしょう」

「あら……皆の士気を高揚させ、さらなる勝利を得るためのものです。私の提案に、陛下も賛成なさっていますわ」

「では、陛下は大局を見ることもできぬ情けないお方なのですね」

「——陛下を侮辱《ぶじょく》するおつもり？」

「あなたが陛下を貶《おとし》めるような提案をしているのです」

柏林も鷗頌も、突然強気で話し始めた東睿にぎょっとしている。

「あなた、位《くらい》は？」

東睿が尋ねた。

雨菲が皇帝の寵姫《ちょうき》とはいえ、位が才人《さいじん》のままであることは眉娘も知っている。

雨菲は、わずかに表情を強張《こわば》らせた。

答えない彼女に、東睿は追い打ちをかける。

「位は？」

「……才人、でございます」

ふう、と東睿は重い息をついた。

「皇后たる私が、あなたのような下位の者に寝所を侵《おか》される謂《いわ》れはありませんね。下がりなさい」

するると雨菲は、気を取り直したように胸を張った。

「……どうやら皇后様は、ご機嫌が悪いようですね。もしかして、陛下が会いにいらっしやらないから、苛立《いらだ》っておられるのですか?」

眉娘は驚いた。何故《なぜ》これほどに、挑発するような態度を取るのだろう。

見下すように、雨菲はくすりと笑う。

「陛下はいつも私の部屋にいらっしゃいます。皇后様も、よかったらおいでになられますか?」

「燦国軍は、いつでも引き返すことができるのですよ」

東睿は落ち着いた態度で、静かに告げた。

「私が命じれば、燦国軍は撤退します。それでもかまいませんか?」

「……本気で仰《おつしや》っていませんでしょう?」

「我が弟である皇帝陛下と、我が母である皇太后様《こうたいごう》に文《ふみ》を出しても構わないのですよ。瑞《ずい》燕国《えんこく》での待遇はひどいもので不届き不遜《ふそん》、どうやら我が国との同盟を白紙に戻すつもりのようだ、と。援軍としてやってきた我が軍が、撤退ではなく別の相手に刃《やいば》を向けるやもしれませんね」

東睿の脅《おど》しに、雨菲は口を噤んだ。

「疲れました。横になりたいわ」

気《け》だるげな東睿を、柏林が慌《あわ》てて支え、寝台へと連れていく。

心得たように、鷗頌が高らかに声を上げた。

「雨菲様がお帰りになるわ！　皆、お見送りを！」

雨菲はわずかに表情を引きつらせた。

しかし、ついと胸をそらして踵《きびす》を返した。そしてわざとらしく、眉娘の肩にどんとぶつかる。

「あっ……」

眉娘は驚いた。

思わずよろけたが、なんとか踏みとどまる。

「無礼者！　ぼうっと立ってないで……」

声高に眉娘を罵倒《ばとう》しようとした雨菲は、唐突に悲鳴を上げた。

彼女の視線が、自分の顔に向けられているのがわかった。そして、見覚えのある嫌悪と蔑《さげす》みの色が表情に浮かぶのも。

眉娘は慌てて、乱れた前髪を押さえつけ俯《うつむ》いた。

「いやだ、何……!?」

雨菲は袖《そで》で自分の顔を覆《おお》った。

「こんな醜い宮女を、どうして置いているの！　信じられない……！」

東睿と柏林が、はっと息を呑んで振り返った。

雨菲は顔を背《そむ》けて足早に去っていく。連れてこられた医師も慌ててその後に従っていった。

部屋には、凍り付いたような静寂《せいじゃく》が満ちた。

眉娘は静かに、扉を閉める。

「──眉娘」

鷗頌が労《いたわ》るように、眉娘の肩に手を置いた。

「平気です。慣れていますから」

心配をかけないよう笑顔を作る。

慣れているのは本当だ。それでも、心が傷つくことがなくなるわけではなかったが。

「東睿さん、すごかったですね」

触れてくれるな、という意思が伝わったのだろう。鷗頌はそれ以上何も言わなかった。

「……ええ、そうね」

寝台に腰かけた東睿は先ほどの弁舌《べんぜつ》が嘘のように口を噤み、相変わらずの無表情だった。

「ひやひやしたよ、あんなふうに言い返すから……」

柏林がほっとしたように、その隣に座った。

「東睿、目立たないでと言ったでしょう。……まぁ、今回は結果的によかったとは思うけれど」

「先日教えていただいた後宮の仕組みや階級、それに燦国と瑞燕国の情勢を考えると、彼女が皇后に対してあんな態度を取るのはおかしいと思ったので。どう考えても、あちらが不利ですよ。なんでそれがわからないんでしょう。それとも、わかっていてわざとやっているんでしょうか?」

東睿はしれっとした顔で感想を述べる。

眉娘たちは、顔を見合わせた。

どうもこの東睿という少年は、なかなかただ者ではなさそうだった。


夜になると東睿はその日学んだことをおさらいし、さらに一日一冊書物を読むと決めたらしく、黙々と読書にいそしんでいた。彼が書物を読みふけっているのを横目に、眉娘は絵筆を走らせ、柏林は縫い物をしている。

ここへ来た当初、おずおずと東睿に「似姿を描いてもいいですか?」と尋ねたところ、本人からはあっけなく了承してもらえた。以来、時間ができると彼の姿を観察させてもらい、筆を取っている。

鷗頌が「皇后様が使う」と嘘をついて手配してくれたおかげで、眉娘の前には高級な画材がたっぷりと用意されていた。最初は恐縮していた眉娘だったが、「こんなことに巻き込んだお詫びの印だと、飛蓮《ひれん》殿から頼まれたのよ」とこっそり教えてくれた。

「東睿さん、少し顎《あご》を上げていてもらえますか？」

「わかりました」

文字を追いながら、東睿は言われた通りに顔を動かす。

燭台《しょくだい》の明かりに照らされた顔を眺めながら、ついついその肌の美しさと自分の顔の醜さを引き比べた。どうしても先ほどの、雨菲の視線を思い出してしまう。

あれが普通の反応だった。特に皇帝の側近《そばちか》くに仕《つか》える者たちは妃嬪《ひひん》だけでなく宮女たちも皆美しいから、余計に目立ってしまうのだろう。

ふと、雪媛《せつえん》が化粧を施してくれた時のことを思い返した。顔に痘痕《あばた》ができて以来、初めて顔をしゃんと上げていることができた時間だった。

（化粧……）

雪媛は眉娘の顔に、花のような文様を描いてくれた。後宮の女たちは、そんなふうに額《ひたい》にそれぞれ好きな文様を描いているのを見かける。たまに、頬に描いている者もいた。

だからといって、化粧をして人前に顔を出す勇気はなかった。あの時安心して顔を晒《さら》していられたのは、傍にいたのが雪媛と燗流《かんる》だったからだ。

「眉娘さん」

「……はっ、はい！」

ぼんやりしていたところに東睿に声をかけられ、眉娘は慌てて顔を上げた。

「動いても大丈夫ですか。少し休憩しようと思います」

「あ、はい、もちろんです！　お茶、淹《い》れますね！」

「じゃあお菓子食べない？　昼間、鷗頌さんが差し入れてくれたのがあるよ」

柏林が戸棚から、麻花《マーホア》と芸豆巻《ユウンドウジユエン》を取り出した。

「皇帝陛下とか、後宮の女たちの争いとか、環王様との戦いとか——外はいろいろ大変だけど、こうしてるとよくわからなくなるね。呑気《のんき》にお茶してるし、俺たち」

「でもここで私たちがこうしていることが、飛蓮さんや、雪媛様や……いろんな方のお役に立っているはずです」

（それに、これは監視の意味もある——）

そう考えながら、ちらりと東睿の様子を窺《うかが》う。

いまのところ彼に怪《あや》しい素振りはないし、昼間のように堂々とした対応までできるとなれば、本当に心強いと思う。しかしそれは、むしろ出来過ぎなのかもしれなかった。

「……あの、東睿さん」

「なんでしょう」

「感謝しています。東睿さんのお蔭で、飛蓮さんも潼雲《どううん》さんも罪に問われることはありませんでした。戦に勝ったというのも、燦国の援軍がいたからこそでしょう。東睿さんがいなければ、こうはなりませんでした」

「こちらこそ、公主を騙《かた》った罪人とならずに済みましたので、お互い様です」

「でも、最初に公主の身代わりになってほしいと言われた時は、驚いたでしょう?」

柏林が芸豆巻を咀嚼《そしゃく》しながら尋ねた。

「驚きましたけど、こんな僕に頼み込むほど追い詰められているんだろうと思いました。僕は、誰からも気にかけられることのないような、何の役にも立たないただの小僧ですから」

「ただのって……いや、全然ただ者じゃないよね、東睿君」

「僕のような取るに足らない人間、この世にいくらでもいるでしょう?」

「あんまりいないと思うよ」

眉娘もこくこくと頷いた。

東睿は不思議そうに首を傾《かし》げる。

「あの時、僕に必死に頭を下げる女の人たちを見て、こんな僕でも誰かに必要とされて、役に立てるんだろうかと思ったんです」

「よく決心できたね、すごいよ。だって女の子の恰好で、他国の皇帝に嫁《とつ》ぐんだよ？　俺だったらそんな勇気、なかなか出せないかなぁ……」

するると東睿は、少し遠くを見るような目をした。

「僕の父は、流行病《はやりやまい》で亡くなりました。最期《さいご》は、体中に斑点《はんてん》が出て——眉娘さんの顔の痕《あと》も、きっとそうしてできたんじゃありませんか？」

「えっ……」

言い当てられてどきりとする。

「そ、そうです」

「父は助かりませんでしたし、発症して生き残った者はほとんどいませんでした。僕の村はほぼ全滅です。運よく発症しなかった僕は生き残ったけれど、行き場もなくて、都に出ることにしました。都には母がいると、父に聞いていたので。——僕の母は宮女で、本来は結婚も出産もできない立場にもかかわらず、密《ひそ》かに僕を産んだそうです。母はその後も、皇宮《こうぐう》で働いていると聞きました。それで母を探そうと、下働きとして潜《もぐ》り込んだんです」

「えっ……、それで、お母さん見つかったの？」

「なかなか見つかりませんでした。諦《あきら》めかけていた時、声をかけられたんです。公主の身代わりをやってくれないかと」

東睿はゆっくりと、柏林と眉娘を見据えた。

「それが、母でした」

眉娘は、飛蓮に聞いた話を思い出した。

瑞燕国までの道中で、女たちが次々と失踪《しっそう》したこと。そして、最後に残った侍女が捕まり、東睿が彼女を逃がそうと、自身に剣を向けた――。

そしてその侍女は、結局逃げてしまったという。誰かが手を貸して。

「ええ!?　それじゃあ……」

柏林が驚きの声を上げた。

「そ……それ……その侍女……お母さんには名乗り出たの？」

「いいえ」

「どうして！」

「息子だと知れば、母は逃げずについてきてしまうかもしれません。でも僕は、万が一の時は殺されると思っていますから。母を巻き込みたくはありませんでした」

「じゃあ、お母さん、何も知らずに……？」

柏林は表情を曇らせている。

眉娘は言葉が出てこなかった。

しん、と部屋の中は静まり返った。

「――――というのは冗談なんですが」

しれっと東睿はそう言って、茶を啜《すす》った。

「…………はっ？」

「えっ…………？」

ぽかんとしている二人に、東睿は首を傾げた。

「信じました？」

「いや、え、全部嘘？」

「そんなお芝居みたいな偶然、あるわけないじゃないですか」

「ええーっ！　どこから？　どこから嘘なの？」

「父が流行病で死んだのは本当です。それで僕が都に行ったのも。でもそれはただ、働き口を探しに行っただけです。僕の母は、幼い頃に亡くなっています」

「うわーっ、完全に騙《だま》された！　涙ぐんじゃったよ俺ー！」

真っ赤になった顔を両手で覆って、柏林が天を仰いだ。

「わ、私も信じてしまいました……ああ、でも、あの、よかったです。東睿さんがお母さんとそんなお別れの仕方をしていなくて……」

すると東睿は少し目を瞬《しばたた》かせ、そしてわずかに、微笑んだ。

彼が笑うのは、初めて見たと思う。

「こういう話をすれば、少しは納得してもらえるのかと思って。僕がどうしてこの状況を甘んじて受け入れて、皆さんに協力しているのか——訝《いぶか》しく思っているんじゃないですか？　何か裏があるのではないかと」

「そ、それは……」

見透かされている。

「人の動機なんて、単純なものなんだと思います。少なくとも僕はただ、今まで誰にも必要とされることとなんてなかったこんな自分が、人の役に立てるのが嬉しいんです。駆け落ちをした公主様、公主様の侍女たち、飛蓮さんや潼雲さん、それにこうして助けてくれる、柏林と眉娘さんも……僕がこうしてここにいることで、助けになるんだったら」

「でも、危険なことなのに。万が一露見したら——いや、させないけど！」

柏林が言った。

「そうですね。でももう始めてしまいましたから。僕、なんでも中途半端にするのが嫌いなんです。やるからにはとことんやらせていただきます」

なるほど確かに、彼は読み書きにしても刺繍にしても絵にしても、手を抜く素振りなど一切なく、こちらが驚くほどに真剣に向き合っていた。

「昼間のあの雨菲って人、殴りつけてやろうかと思いました」

いきなり物騒なことを言いだしたので、眉娘はびっくりした。

「えっ⁉」

「眉娘さんは、綺麗ですよ。あの人、何もわかっていないんです」

真顔で言われ、思わず頬を染める。

「……ええぇ？　あ、ありがとうございます……」

消え入りそうな声で礼を言った。

「俺も俺も！　あの時は本当に許せなかったよ！　何か言ってやりたかったけど、さすがに宮女が寵姫にそんなことしたら問題になるし……」

柏林が悔しそうにする。

「なんかこう、鼻を明かしてやりたいですよね。それにあの人、なんだか変な感じが……」

「変？」

「いえ、なんとなく違和感というか……まだよくわからないんですけど」

うーん、と東睿は少し考え込む。

「……今日はそろそろ寝ましょうか。すみません、夜更《よふ》かしに付き合わせてしまって」

「ううん、じゃあここ片づけるよ。——ねぇ、東睿君さ、胸にずっと詰め物してて苦しくない？　俺、いまだに慣れない」

「僕も違和感は大きいですが——」

二人は寝支度をしながら、女装についての苦労を互いに労り合っていた。

眉娘はその様子を微笑ましく眺めた。こうしていると、東睿も年相応の男の子に見える。

「じゃあ、俺隣の部屋にいるから、何かあったら呼んでね」

「はい」

夜番のため、柏林が部屋を出ていく。眉娘も最後の明かりの後始末を終えると、部屋を出ようとした。

ふと、足を止めた。

「あの、東睿さん」

寝台に横になった東睿が、こちらに顔を向けた。

「なんですか？」

「先ほどの話は……」

「はい？」

「……嘘、なんですよね？」

東睿は、じっと眉娘を見上げた。そして、わずかに微笑む。

「はい、嘘ですよ」

「――そう、ですか。では、おやすみなさい」

「おやすみなさい」

眉娘は、静かに扉を閉めた。


「東睿さんのこと、信じていいと思うんです」

眉娘は潼雲にそう報告した。

「悪い思惑を持っているようには、私には思えません」

冗談だ、と言っていた東睿の話は、本当は事実なのではないだろうかと眉娘は思った。

そうであるなら、彼がどうしてこんな危険な役目を務めようと思ったのか理解できる。

しかし本人が嘘だと言う以上、それを潼雲に話すことはできなかった。根拠のない感想のような報告になってしまい、これで納得してもらえるだろうかと不安に思いつつ、それでも眉娘の中には確信があった。

「柏林も同じように言っていた。……まぁ、何もないならそれに越したことはないがな」

そう言いながらも、潼雲はまだ少し腑《ふ》に落ちていない様子だった。

「潼雲さんは、まだ彼を信用できないとお考えですか？」

「結論が出せるほどの材料がなければ、疑いを捨てるべきじゃない。可能性が低くとも、考慮に入れておくことは必要だ。最近は、皇后に近づこうとする者も多い。今まで以上に気をつけてくれ」

「わかりました。あの、その後戦況はどうなっているんでしょう？　都に戻れそうなのですか？」

「…………」

潼雲は表情を曇らせた。

「そのうち、後宮にも伝わるだろう。初戦には確かに勝利したが、その後の戦況はこちらに不利な状態が続いている」

「え……」

「皆を動揺させないようにできる限り秘されているが、敗走の報告ばかりが入っている。

都には近づけず、燦国軍も国境付近まで後退してしまった」

「そ、そうなんですか？」

「思った以上に環王軍の士気が高い。こちらはといえば、陛下は相変わらず抜け殻《がら》のようで、雨菲様はなんとかしろと喚《わめ》くばかりだ。蘇高易《そこうえき》殿が抑えとなってはいるが、ほかの重臣たちには動揺が広がっている。環王側に寝返ろうという者たちも少なくないらしい」

「負ける……のですか？」

「まだわからない。ともかくそういう状況だ。東睿にも伝えておいてほしい。――案外、自由の身になる機会はすぐ訪れるかもな」

「潼雲さんも、戦に？」

「俺は仙騎軍《せんきぐん》の所属に戻ったから、基本的にはここから動かないとは思うが、よほど戦況が悪化すれば駆り出されるだろう」

「そうですか……」

「とはいえ今はまだ、この浙鎮にまで敵が攻め入ることはないはずだ。安心しろ」

「はい」

「ところで……その化粧、最近あちこちでよく見かけるな」

指摘され、眉娘ははっとして思わず俯いた。いつも下ろしていた前髪を上げた白い面《おもて》には、痘痕《あばた》を隠すように花鈿《かでん》をちりばめてある。

もともとは、以前雪媛にそうした化粧を施してもらったことがある、と眉娘が話したことが発端《ほったん》だった。皇后の体調はもう回復していると雨菲が喧伝《けんでん》して回ったものだから、寝室に籠もってばかりもいられなくなってきた東睿は、ほんのわずか、散歩の時間だけ人前に出るようになった。その際、眉娘が側に付き従うのを躊躇《ためら》っているのを見て、この化粧を提案したのだ。

「これが燦国の流行だ、と言いふらしましょう。皇后がやっているのを見れば、きっとみんな真似をしますよ」

東睿の発案で、柏林も鷗頌も、そして東睿自身も同じように、顔の三分の一ほどに花房のような模様をちりばめるようになった。

つい最近まで後宮の女たちの花鈿は、額にひとつだけ文様を描くやり方が主流だったらしい。しかし東睿の言う通り、その姿を見た宮女たちの間で、あっという間にこの化粧法が流行したのだった。

ただし雨菲と、そして芙蓉には、これを真似する様子はいまだにないけれど。

「——というわけで、東睿さんのご提案なんです」

「ふむ、なるほどなぁ……」

潼雲は、眉娘が東審を信用している理由の一端がわかったというふうに頷く。

「正直、さっき声をかけられた時誰かと思ったぞ」

「えっ、あっ、す、すみません」

化粧をしているとはいえ、人前に顔を晒すことには今もって慣れない。眉娘は恥ずかしくなり顔を覆った。

「いや、謝ることでは――」

「潼雲、ここにいたのか」

回廊の向こうから飛蓮が駆けてくるのが見えた。

「探したぞ。相談したいことが……」

言いながら、潼雲がひとりではないことに気づいて口を噤んだ。

「あ、ごめん。お邪魔だった？」

「何を言ってるんですか」

「俺ならいざ知らず、潼雲が宮女と話しているなんて珍しい……」

潼雲の肩に手を置いて、眉娘の顔を覗き込む。すると飛蓮は、ようやくそれが眉娘だと気づいたらしい。

「――眉娘？」

「あ……こんにちは、飛蓮さん」

「へぇ、髪上げてるの初めて見た。誰だかわからなかったよ。――うん、いいね、こっちのほうがいいな」

屈託なく褒《ほ》められ、眉娘は思わずかっと頬が火照《ほて》るのを感じた。

お世辞とはわかっていても、前髪の帳《とばり》がないと飛蓮の笑顔の威力を直《じか》に浴びてしまい、自分の軸が揺らぐような気がする。

「あ、あの、……恐縮です」

「……飛蓮殿、少し手加減してやってください」

「え？　何？」

「わざとじゃないところが、性質《たち》が悪い」

呆れたように潼雲が言った。

「どう、皇后の様子は？　柏林もうまくやってる？」

「え、ええ。東睿さんも柏林さんも、大変お上手にこなしてらっしゃいます。最近ではすっかり仲良しで――あ、そうだ。お二人に会えたら渡してほしいと、預かっていたんですが」

眉娘は懐《ふところ》から匂《にお》い袋を二つ、取り出した。

「東睿さんが縫われたんです。どうぞ」

匂い袋を受け取った二人は、なんともいえない表情を浮かべた。

「刺繍、めちゃくちゃ上手《うま》くない……？」

「柏林さんに教わって、たくさん練習されたんです。お二人には感謝しています、とのことでした」

飛蓮がしみじみと嘆息《たんそく》する。

「いい子だねぇ。苦労させてるのはこっちなのに」

「俺はこれしきのことで絆《ほだ》されませんよ。あくまで信用するつもりはありませんので」

そう言いながら潼雲は、匂い袋を大事そうに懐へしまい込む。

「めちゃくちゃ絆されてるじゃん」

「心遣《こころづか》いを無下《むげ》にするほど人でなしではありません」

「あ、女の子にこういうのもらうの初めてなんだ？」

「………」

「まぁ女の子じゃないけども！」

飛蓮はけらけらと笑った。

その様子に、眉娘は少しほっとする。

あの晩、偶然に聞いてしまった、彼の弟との幻のような会話。

亡き人との思い出に浸《ひた》ってしまうことを危うく感じたが、こうして生きて傍にいる相手と親しげに笑っている様子を見ると、そう心配することもないかもしれない。

「眉娘、お礼を言っておいて。こちらこそ、感謝していると」

「はい、承《うけたまわ》りました」

自分も少しは、彼を現実に引き留めるための一助になれているだろうか。


瑞燕国内の戦況は、膠着《こうちゃく》状態が続いていた。

そんな中、浙鎮に意外な訪問者が現れたのは、すでに夏の暑さが訪れていた頃だった。

それまで国交などなかったクルムから、突然親書《しんしょ》が送られてきたのだ。

使者が持参したカガンからの書状が読み上げられると、碧成は目の色を変えた。

「──雪媛が⁉」

勢いよく立ち上がり、わなわなと身体を震わせている。

雪媛がクルムにいる──その内容に、碧成だけでなく重臣たちも一様にどよめいた。

列席していた飛蓮は驚くとともに、碧成の態度に密やかに眉を寄せた。使者の前で、これではいかに彼が雪媛を欲《ほっ》しているか一目瞭然《いちもくりょうぜん》だ。交渉を優位に進められるはずもない。

「本当に雪媛なのだな……⁉　間違いないと言えるのか！」

「偉大なるカガンは、偽《いつわ》りを申すことはございません。雪の中行き倒れておられた柳雪媛様を、我らがお助けした次第です。丁重にお預かりしております」

　クルムの使者は淡々と述べた。

「雪媛は一人だったのか？　他に誰か……」

「頬に傷のある男を従えておりました。この者の引き渡しもお望みでしたら……」

「いいや、そやつは殺して構わぬ！　我が国に入れるな！」

「陛下、どうか落ち着いてくださいませ」

　隣で雨菲が諫《いさ》めたが、碧成は聞く耳を持たなかった。

「雪媛はどこだ！　連れてきたのか⁉」

「いいえ。海路ティルダードの港へ向かっておるところでございます」

「ティルダードだと？」

「身柄の引き渡しは、我が国と貴国との狭間《はざま》に位置するティルダードにて。それがカガンのご意向です。しかし親書にございました通り、柳雪媛様をお渡しするには、いくつかの条件を提示させていただいておりますが――」

身を乗り出した碧成の様子に、そのまま条件を飲んでしまいそうな危うさを感じたのだろう。蘇高易が遮《さえぎ》るように声を上げた。

「――ご苦労であった。長旅でお疲れだろう。どうかゆっくりと休まれよ。この件に関しては、陛下がよくよく吟味《ぎんみ》され、改めて返答させていただく」

雨菲が碧成をなだめ、なんとか座らせる。

「今度《こたび》の戦では、陛下は劣勢に立たされていると聞き及んでおります」

使者の言葉に、重臣たちの表情が険《けわ》しくなった。

「神の使いと言われる柳《りゅう》雪媛様は、必ずや貴国に幸運を運ばれることでございましょう。私どもとしましても、早く陛下のもとに、かの神女をお返ししたいと考えております。……ですが、我らがカガンもまた、神女を大層気に入られたご様子」

「――何」

「カガンの気が変わらぬうちに、よいお返事をされることをお薦《すす》めいたします」

使者が退出すると、室内はざわめきに溢《あふ》れた。

雪媛が生きていたこと、クルムの地にいること、そして何より、身柄の引き渡しにあたって提示された条件について議論が沸き起こる。

「援軍を差し向ける意向があるというのは、真なのか」

「そうであれば、戦況は大きく変わるぞ」

「しかも雪媛様がお戻りになれば、その力で――」

「だが領土の割譲《かつじょう》など……！」

「――黙れ！」

碧成の声に、一同は静まり返った。

「雪媛をすぐに、すぐに迎えに行くのだ！　船を出せ！」

「陛下、お待ちください。これは罠やもしれませぬ。慎重に――」

「智鴻！　唐智鴻はおるか！」

智鴻が「はっ」と進み出る。

「いますぐティルダードへ向かえ！　なんとしてでも雪媛を連れ帰るのだ！」

「承知いたしました」

「――お待ちください！」

飛蓮が声を上げ、智鴻に並ぶ。

「どうかそのお役目、この私にお任せを！　必ずや雪媛様を陛下のもとへ」

雪媛が本当にクルムに囚《とら》われているのであれば、この役目を譲るわけにはいかない。

おもむろに雨菲が口を開いた。

「陛下、飛蓮殿は燦国の一件ではよくやってくれました。確かにその功は大きいものですが、今回は別の者に功を立てる機会を与えるのがよいかと存じます。ひとりの者ばかり重用するのは、君主としての公平性に欠けるというものですわ。——唐智鴻、陛下のご期待に応《こた》えなさい」

「かしこまりました」

雨菲の微笑を浮かべた顔を見上げ、飛蓮は舌打ちしたい気分になった。

(……くそっ、公主を連れて帰ったことを根に持ってるな)

「陛下、この条件は飲めませせぬ。これを受け入れれば、クルムが我が国に侵攻することを止める術《すべ》がなくなりますぞ」

諫める蘇高易に耳を貸さず、碧成は興奮したように立ち上がった。

「約束など、あとでどうとでも反故《ほご》にすればよい!」

「陛下……!」

「すぐに出立《しゅったつ》の用意をせよ!」

「はっ」

慌ただしく退出する智鴻が、ちらりと飛蓮に目を向けた。口元に嘲笑《ちょうしょう》を浮かべているのがわかった。

（まずい……）

雨菲が雪媛の帰還を喜ぶとは到底思えない。きっと智鴻にも「無事に連れ帰るな」と命じるだろう。そしておそらく智鴻は、その期待を裏切らない。

碧成も退出し解散となったその場から、飛蓮は急いで駆け出した。

「潼雲！」

門の近くで警備についていた潼雲を見つけると、飛びつくように肩を摑んだ。

「飛蓮殿？　どうし――」

「一緒に、ついてきてくれ！」

「え？　なんですかこの既視感《きしかん》は。今度は一体どこへ……」

「――――ティルダードだ！」

六章

京《きょう》は船の上で少し生ぬるい風を感じながら、悠然と流れていく風景を眺めていた。船はツァガーン川の流れに沿って下っており、このまま順調に進めば数日後には海へと出ることができる。

目的地はこの地域最大の交易港、ティルダードである。

オチルの意向を記した親書《しんしょ》は、すでに別の船で瑞燕国《ずいえんこく》へ送られていた。今頃は浙鎮《せっちん》へ届いた頃だろう。遅れて出立《しゅったつ》した京が乗るのは、人質の護送船であった。瑞燕国側との交渉は双方の国の中間地点となる、ティルダードで行われることになっている。

ティルダードは、大陸最大の奴隷市《いち》が立つことで有名だ。

かつて京も、瑞燕国から船でティルダードまで行き着いた。そこで奴隷として売られ、クルムへと連れていかれたのだ。物として無造作に並べられた奴隷たちの列、競《せ》りにかけられ裸にされ、ひとりずつ品定めされた屈辱《くつじょく》を忘れることはない。

今でこそ妃《きさき》付きの侍女《じじょ》となったものの、そこへ至るまでには血を吐くような思いの連続だった。最下層の下女として鞭《むち》で打たれ、地べたで眠り、残飯を漁《あさ》る生活は耐え難《がた》いものだった。

（全部、あの女のせい）

京は甲板《かんぱん》から細い梯子《はしご》を下りていき、薄暗い船内を見渡した。詰め込まれた長櫃《ながびつ》や樽《たる》、壺などの奥に、さらに船底へと繋がる入り口があった。

ぎぎぎ、と重い音を立てて蓋《ふた》を開けると、眼下には闇が広がっていた。しかしその中で、僅《わず》かに蠢《うごめ》くものがある。

手燭《てしょく》をかざすと、両手両足を縛られ猿轡《さるぐつわ》を嚙まされた柳《りゅう》雪媛《せつえん》の姿が浮かび上がった。

雪媛は項垂《うなだ》れていた顔を上げると、ぎらぎらと燃えるような眼を京に向ける。

「睨《にら》んだって無駄よ」

手も足も出ない雪媛の様子が、堪《たま》らなく愉快だ。

「お前はこれから、奴隷として売られるんだから。私にしたのと同じようにね」

けたけたと笑った。

雪媛を護送するために、使者が立てられこの船が用意された。京はツェツェグの命《めい》を受けてこれに同乗した形だったが、出航して二日後、事を起こした。

金で買収しておいた船員と兵士に使者を襲わせ、殺して川に流したのだ。

いまやこの船の主《あるじ》は、京だ。ツェツェグ付きの侍女であることを最大限利用し口利《くちき》きのために商人たちからせしめた賄賂《わいろ》や、それを元手にして密《ひそ》かに始めた高利貸しで得た蓄えが役に立った。

クルムに戻る気など毛頭ない。

誰かに頭を下げながら使用人として生きるなど、京の矜持《きょうじ》が許さない。この日のために、すべての屈辱に耐えてきたのだ。雪媛に自分と同じ、そしてそれ以上の苦痛を味わわせたかった。それを見届け、京はようやく自由になる。

瑞燕国へ戻るつもりだった。クルムの内情をよく知る京を、皇帝は歓迎するに違いない。弟の智鴻《ちこう》は必ず出世しているはずだ。彼を頼って謁見《えっけん》を願い出て、そして何よりも、息子の名誉を回復してもらわなくてはならない。

それに、飛蓮《ひれん》――。

その名を思い出すだけで、胸がざわめく。

自分に恥をかかせ、これほどに惨《みじ》めな思いをさせたあの男。あの白い首を絞め、胸に刃《やいば》を突き立ててやりたい。泣いて命乞いし、足下に這《は》いつくばったらどうやって弄《もてあそ》んでやろう。

　雪媛を見下ろしながら、京は酔いしれた。これからのことを考えると愉快で堪らず、甘美で恍惚《こうこつ》とさえする。

「いい買い手を探してあげるわ。お前を動物のように扱って、死んだほうがましだと思うほど、切り刻むように苦痛を味わわせてくれる……素晴らしく趣味のいい主人をね」

　叩きつけるように、激しい音を立てて蓋を閉めた。


　暗く狭い船底で、不快な揺れに耐えながらどれほどの時間が経《た》ったのか、雪媛にはよくわからなかった。訪れる変化といえば、日に二度の粗末な食事、そして気まぐれにやってくる京の嘲笑《ちょうしょう》と罵声《ばせい》だった。

　夏の船底の暑さは異常だ。喉《のど》の渇《かわ》きは耐え難かったが、水はほとんど与えられない。日に日に弱っていく雪媛の様子を、京は嬉しそうに眺めていた。

　瑞燕国へ引き渡されるならば、そこから動きようはいくらでもあると思っていた。しかし今や、事態は最悪の方向に進んでいるようだった。京の目的はただひたすらに、雪媛を苦しめることだけなのだ。

「――この女を運び出して」

朦朧《もうろう》とする意識の中で、京の声が響いた。

誰かが自分の身体に手をかけ、船倉から荒々しく引きずり出す。

乱暴に甲板へと追い立てられたが、外の明るさが眩《まぶ》しすぎて目が開けられない。ぎゅっと瞼《まぶた》を閉じた。しかし頬を撫でる生ぬるい潮風が、どれほど清涼に感じたかわからなかった。雪媛は思わず、大きく息を吸い込んだ。

何度も瞬《まばた》きを繰り返しうっすらと目を開く。

どこまでも続く、広大な草原は掻き消えていた。代わりに、騒がしく賑《にぎ》やかな港町が目に飛び込んでくる。

「行くわよ」

京が先頭に立って船を降りる。

（これが、ティルダード……？）

足の拘束は解かれたものの、腕は後ろで縛られたまま、さっさと歩けと背を押された。

兵士が二人、自分の左右を固め、その前を京が悠々と歩いていく。港にはいくつもの船が錨《いかり》を下ろしており、海を埋め尽くすように並ぶ様は壮観だった。その合間を海鳥が悠々と飛び回り、積み荷を抱《かか》えて忙しく行き交う男たちの姿は活気に溢《あふ》れている。

港の背後には崖が聳《そび》え、その斜面にへばりつくように、蜜柑《みかん》色の屋根を持つ家屋が重なり合うように建てられていた。一方で海に面したわずかな平地には、椰子《やし》の木に囲まれた豪華な館がひしめき合っている。

雪媛同様、縄を打たれた人々が項垂れた様子で歩いているのがあちこちで目についた。桟橋《さんばし》から振り返ってみると、港に停泊している船からぞろぞろと多くの人間が溢れ出してくる。いずれも、売られるためにここへ連れてこられた人たちなのだと雪媛は察した。

急に後ろめたい気分に駆られた。

玉瑛《ぎょくえい》だった頃に目にした、尹《いん》族追放令によって同胞たちが連れていかれる光景が重なって見えた。結局お前は何もできないのか、国を捨ててすべてを投げ出すのかと詰《なじ》られているような気がした。雪媛は目を背《そむ》け、視線を足下に落とした。

「懐《なつ》かしいわ。以前ここに来た時、私は縄で縛られていたものだったけどねぇ」

騒がしい港の中を進みながら、京が皮肉っぽく感慨《かんがい》にふける。

港の一角に、多くの人が集まっていた。

輪になった人々の中央に、数人の男女が立たされているのが垣間見《かいまみ》える。いずれも衣《ころも》を身に着けておらず、男も女も裸のまま衆目《しゅうもく》に晒《さら》されていた。集まった人々の中から、次々に声が上がる。

言葉はわからないものの、彼らが競りを行っているのだということは理解できた。

「――どう? お前があそこに立ったら、みんなどんな目でお前を見るだろうね?」

京が唇をひん曲げるように残酷な笑みを浮かべる。

「私は……まさにああして売られたのよ」

血を吐くような呻《うめ》き声だった。

「見ものでしょうねぇ! かつては瑞燕国皇帝の寵姫《ちょうき》だった、神女と呼ばれた女が、裸で男たちの視線に晒されて突っ立っているのは!」

けらけらと京は笑った。

「――でも、お前を売るにはそれだけじゃつまらないわ。あんな場所で競りにかけられている女たちは値打ちが低いし、買い手もしみったれてる。私の望みを満たしてくれる者はいない」

そう言って京は、港に面した大きな館へ向かった。

案内人に従って、目の覚めるような原色の花が咲き乱れる庭を通り抜ける。途中で京はどこかへ消え、雪媛は奥にある離れに押し込められた。兵士から雪媛を引き渡されたのはふくよかな女たちで、彼女たちは雪媛の衣を問答無用に脱がせにかかる。

裸で競りに出されるのか、とさすがに息を呑んだが、連れていかれたのは浴室だった。

雪媛は体中をくまなく磨かれ、傷がないかと精査されているようだった。周囲は女ばかりだ。これならば、逃げ出す隙《すき》があるかもしれない。

「……ここはどこなの？」

女たちに五国の共通語とクルム語で話しかけてみたが、返事をする者はいなかった。言葉がわからないのか、わかっても会話を禁じられているのかもしれない。

風呂を出ると、翡翠《ひすい》色の衣を差し出された。裸でいては何もできないので、雪媛は無言でそれを着込む。最近ではすっかりクルムの厚手の衣に慣れていたので、その薄さやひらひらとした感触が懐かしくも妙な感じがした。瑞燕国のものよりよほど薄い。身体の線は下半身に至るまで完全に露《あらわ》になっている。

着替え終わると、館の裏手にある蔵へと連れていかれた。

重い扉が開けられ、背中を押されて中に足を踏み入れると、蹲《うずくま》っている赤い髪の女の姿が見えた。さらにその傍《そば》で、身を寄せ合うように喋《しゃべ》っている黒髪の女と金の髪の女がひとりずつ。

彼女たちの目が、一斉に自分に吸い寄せられたのがわかった。すぐに扉が閉まり、鍵がかけられる。真っ暗になったと思ったが、だんだんと目が慣れてきた。天井近くにある小さな通気口から、わずかに光が差しているのだった。

どう考えてもここは、人を閉じ込めるための場所だった。ならばここにいる女たちも、雪媛と同じ身の上なのだろう。

「あんたは高値がつきそうね」

黒髪の女が雪媛をじっと眺め、共通語を口にした。

ここへ来て初めて、まともに会話ができそうだった。雪媛は用心しながらも、彼女の横に腰を下ろした。

「……この屋敷は、何？」

「このあたりで一番の奴隷商人の館よ。高値のつくいい品だけを取り扱うんだ。私はできるだけ地位のある金持ちに買い取ってほしいんだけど、同じ黒髪のあんたがいるんじゃ見劣りしていい買い手がつかないかも。あーあ」

見ればここにいる女たちはそれぞれに特徴的で美しく、なるほど高値がつくというのはそういう意味だろうと思われた。

少し見下したように、女が雪媛に向かって笑みを浮かべる。

「あんた、売られるのは初めてでしょ」

「ええ」

「運がいいわね、最初にここに来られるなんて。私なんて、子どもの頃に道端《みちばた》で裸にされて買い叩かれたわ。散々こき使われてきたけど、これでようやくそんな暮らしともお別れよ。どこぞの高官にでも囲われれば、楽な暮らしができる」

「子どもの頃から奴隷に？　逃げようとは思わなかったの？」

「逃げてどこへ行くっていうのよ」

言われて、玉瑛だった自分も、逃げるという選択肢はなかったことを思い返す。

「……あなた、故郷はないの？」

女は肩を竦《すく》める。

「死んだ母は高葉《こうよう》の人らしいけど、行ったことはないわ。父親は知らないし。待遇のいい主人を探すのが一番賢い生き方よ」

そうしてまた、金髪の女と別の言葉で話し始めた。赤い髪の女はすべてを諦《あきら》めたような顔でぼんやりと壁を見つめていて、やがて寝入ってしまった。

ともに脱出の方法を探る仲間は、見つかりそうになかった。

通気口の向こうで日が翳《かげ》り、夜が訪れたのがわかった。


閉じ込められたといっても、雪媛への待遇は思いのほか悪くなかった。食事はきちんと用意されたし、監視付きではあったが時折外に出て庭を歩くことも許された。船底よりはよほど快適だ。

「私たちは大切な商品だもの。しかも、極上のね」

黒髪の女は皿に盛られた新鮮な果物に手を伸ばし、嬉しそうに言った。品質を下げるような真似はしないということなのだろう。

「いつまで、ここにいるのかしら」

「そのうち競りが始まるはずよ。そうなるといろんな金持ちが集まってきて、港中が活気づくんだから」

「そう……」

庭を歩きながら、逃げ道はないかと視線を彷徨《さまよ》わせた。監視の目はいたるところにあった。さすがに商品の扱いに慣れているらしく、抜かりがない。この屋敷から逃げられたとしてもその先どうすればいいのか、どうすればクルムの地へ戻ることができるのか、情報が必要だ。雪媛は黒髪の女から、出来る限りの話を引き出した。

四日目の夜、女たちがそろそろ寝ようと横になっていると、突然扉が開けられた。顔を出した男が出ろという手ぶりで、外へと促《うなが》す。

警戒して逡巡《しゅんじゅん》する雪媛に、黒髪の女が言った。

「今夜だわ！　競りが始まるのよ！　ほら、早く！」

雪媛を含め、女たちは頭から足下までをすっぽりと覆《おお》う薄布を被《かぶ》せられた。

武器を手にした男たちが、四人を囲むようにして中庭を抜けていく。大きな丸屋根のついた館に入ると、むっとする熱気が広がっていた。

天井の高い広間には長椅子が並べられており、奥には舞台が据えられているのが薄布越しに見える。林立する燭台の煌々《こうこう》とした炎が、そこに集まった人々の顔を明々と照らし出し、夜とは思えないほど賑わっていた。人々の合間を酒を配って歩く少年がすり抜けていき、笑い声も響いてくる。

雪媛たちは舞台の袖《そで》に用意された、目隠しの布で覆われた席に座らされた。そこへ移動する間も、集まった人々――すべて男だ――の視線が絡みついてくるのがわかった。すでに値踏みされているのだ。

雪媛は逃げ道を探した。広間の出入り口は二つ。

だがこれほど人が密集した中で、無事にあそこまで辿《たど》り着ける気がしなかった。入り口には見張りも置かれている。

やがて、競りが始まった。

雪媛たち四人以外にも競りにかけられる者はいるようで、最初に舞台に上がったのは若い男だった。筋骨たくましく、いかにも力がありそうで、客たちは競って金額を叫んでいる。次は、幼い少年が三人。彼らはそろって美しい歌声を響かせた。

そうして幾人かが競り落とされていく様を横目にしながら、雪媛は会場の様子をつぶさに観察した。集まっているのは男ばかりだ。肌の色も目の色も様々だった。ある意味でここは、平等な世界だった。金さえあれば、属する国も地位も人種も問わずに同じ土俵で競い合うことができるのだ。

ふと、入り口の近くに京が立っていることに気がついた。

当然顔を出すだろう。彼女が、雪媛の屈辱にまみれる瞬間を見逃すはずがない。

京は隣に立つ背の高い男と、何事か話し込んでいる。

客席からこれまでにない歓声が上がった。雪媛と一緒に連れてこられた、金髪の女が舞台に上げられたのだ。

彼女の美しさに、客の興奮が高まっているのがわかる。激しく値を言い合っている男たちをさらに焚《た》きつけようと、競り人が召し使いに命じて女の衣を剝《は》ぎ取らせた。彼女の白い肌が晒されると、ますます値が吊り上がり始める。

あの恥辱を耐え抜かなくてはならないと思うと、さすがにたじろいだ。これまで自分の身を散々に売ってきた自覚はあるが、それとこれとはまるで意味が違う。自分を落ち着かせようと、雪媛はゆっくり息を吸い込む。

金髪の女に買い手がついた。続いて赤い髪の女が連れていかれる。雪媛の番ももうすぐだろう。

するとつかつかとやってきて、競り人に何事か囁《ささや》くのが見えた。競り人は驚いたように目を見開いたが、頷いて雪媛のほうに顎《あご》をしゃくった。

京がいそいそと雪媛に近づいてくる。

「いい知らせよ。お前にぴったりの買い手が見つかったわ」

湧き上がる笑いがこらえきれない様子で、頰がぴくぴくと痙攣《けいれん》している。

「……買い手？　それはこれから競りにかけられて決まるのではないの。それが見たくてここへ来たのかと」

「お前がそこで素っ裸になって見世物になるのが見れなくて残念だけれど、これ以上ない買い手がいらっしゃってねぇ。私にとっては金額は問題じゃないのよ。競り人にはたっぷりと分け前を渡すことで了承をもらったわ。――いかがです、ネジャットさん」

彼女が連れてきたのは、先ほど話していた男だった。浅黒い肌に黒々とした髭《ひげ》を生やし、妙に生き生きとした瞳をしている。いかにも高価そうな宝飾品に身を包み、腰に下げた宝石だらけの短剣はどう考えても実用的ではない。

「この方はね、このあたりで名を馳《は》せている大層な富豪なの。近々ちょっとした余興を催《もよお》すから、おあつらえ向きな女を探していたんですって」

「近くで見ると、肌の美しさが際立《きわだ》つな。これはいい。――映《は》えそうだ」

彼の口から出たのは五国の共通語だった。

様々な国を行き来する船が集まる港では、多言語を話せる者は多いのだろう。発音に少し訛《なま》りはあるが、使い慣れた様子だ。

男の目が雪媛の身体を眺め回す。

しかしそこに情欲の色は一切なく、部屋に置く壺かなにかを選別しているように感じた。

「ある国の皇帝が見初《みそ》めて、寵愛していた高貴な女でございます。きっとご期待に添えますわ」

「いいだろう」

男は控えていた使用人に命じて、京に金の詰まった袋を手渡した。そのずっしりとした重みに、京は満足そうな笑みを浮かべる。

「それじゃあネジャットさん、奴隷をお引き渡ししますわ。存分にお楽しみください。――余興は、明後日のご予定でしたわね？」

「ああ。港を貸し切るから見に来るといい。観客が多いほうが盛り上がるというものだ」

「ありがとうございます。楽しみにしていますわ」

京はうふふと肩を揺らして、雪媛を見下ろした。

雪媛の隣に座っていた黒髪の女が、こちらをうらやましそうに眺めながら舞台へと連れ出されていく。

ネジャットの背後に控えていた男たちが心得たように、雪媛を左右から挟み込んだ。

「ついてこい」

無言のまま、雪媛は彼のあとに続いた。

京はにやにやとそれを見送っている。

扉を出る前に振り返ると、舞台上では黒髪の女が、やはり衣を脱がされそうになっていた。

雪媛は顔を背けた。彼女に、できるだけいい買い手がつくことを願った。

高台に建つ大きな石造りの館は、この港町において頭一つ抜きん出た壮麗さを誇っていた。噴水が水しぶきを上げ、大きな水浴場まである庭が広がっており、眼下には港を一望できる。

その館の奥深く、雪媛が案内された部屋に集められていたのは、肌の色も髪の色も様々な美しい女たちだった。雪媛をじろじろと観察する者もいれば、興味がなさそうにぼんやりしている者もいる。全部で九人。雪媛を含めれば十人だ。

こげ茶色の髪の女が何事か雪媛に話しかけた。聞き慣れないその言葉を理解できないでいると、女は指で空いている場所を示した。そのあたりに座れ、ということなのだろう。お喋りをしている女たちもいたが、これも言葉がわからない。話が通じそうな者はおらず、雪媛は無言で腰を下ろした。

ネジャットは、余興のために港を貸し切ると語っていた。よほどの規模の宴《うたげ》か何かが催されるのだろう。これだけ美女を集めているのは、そこへ集まる男たちに酌《しゃく》をして接待しろということだろうか。だが京の口ぶりからすると、そう単純なことではない気がした。雪媛が苦しんで苦しんで、そして何より死ぬことを望むあの女が、そんな生ぬるい相手に自分を売り飛ばすはずがない。

部屋の窓にはすべて、格子《こうし》が塡《は》め込まれている。入り口には見張りが二人。雪媛はこの見張りの男に話しかけてみたが、彼らは頑《かたく》なにこちらを見ようともせず、ただ部屋に戻るようにと身振りで示した。

集められた女は、雪媛で最後らしかった。食事はパンとスープだけではあったが全員に与えられ、そのまま何事もなく時間が過ぎていった。

余興が催される当日、朝になると女たちは、用意された衣に着替えるよう命じられた。

いずれも薄手の白い衣で、胸元は広く開けられ、裳裾《もすそ》は足下に向かってふわりと広がっている。靴はない。

使用人の女たちが全員の髪を結い上げ、化粧を施《ほどこ》した。オチルの寝所《しんじょ》へ連れていかれた時と流れはほぼ同じである。やはりそういうことなのだろうか。

しかしここで、雪媛を含め女たちは驚愕《きょうがく》した。

使用人が抱えてきた箱を開くと、そこにはまばゆいばかりの宝飾品が詰まっていたのだ。黄金に翠玉《すいぎょく》が埋め込まれた髪飾り、銀に真珠をちりばめた腕輪、紅玉《こうぎょく》の首飾り――。

皆、目を瞠《みは》って食い入るように眺めている。

さらに驚いたのは、それを女たちひとりひとりに身に着けさせたことだった。鏡の前で皆惚《ほ》れ惚《ぼ》れと、美しい輝きに見入ってた。

（身を飾らせるためとはいえ、こんな高価なものを？　奴隷にご祝儀でもあるまいし）

雪媛の胸につけられた紅玉の首飾りは、ずしりと重く感じた。触れてみたが、本物だ。

ほかの女たちは浮かれた様子だった。気前のいい富豪に買われ、妾《めかけ》として可愛がってもらえるのだと思っているのだろう。

やがて、女がひとり、外へと連れ出された。

そうして、しばらくするとひとりずつ部屋から出されていく。

雪媛は奇妙に思った。

大勢の客を女たちでもてなすのかと思っていたが、そうではないらしい。何故《なぜ》、ひとりずつなのだろう。入れ替わりで誰かが戻ってくるわけでもない。

女たちの姿が順に消えていく。その間隔は、随分と時間が開くこともあれば、大層短い時もあった。

残された者たちは、だんだんと不安そうな表情を浮かべ始めた。

ついに雪媛ともうひとり、最初に話しかけてきたこげ茶色の髪の女だけが部屋に残された。彼女は落ち着かない様子で部屋の中を歩き回ったり、時折鏡の中を覗《のぞ》き込んで美しく整えられた自分の姿を眺めたりしている。

やがて、彼女も連れていかれた。部屋を出る時、ふと雪媛のほうを振り返った。心細そうな表情だった。

扉が閉じられ、雪媛はひとりになる。

雪媛は窓に駆け寄った。鉄格子に手をかけてみるが、びくともしない。

しばらく部屋の中をうろうろとしたが、改めて逃げ道が見つかるわけもない。かといって、何もせずにはいられなかった。

雪媛の順番は、思ったよりもすぐに回ってきた。

外に連れ出されると、屋敷の裏手から崖を下る階段が伸びているのが見えた。眼下には、舟が一艘係留されている。

降りろと言ったのだろう、雪媛の後ろで男が身振りで促した。

雪媛は無言で階段を見下ろした。背後には、武器を手にした男が二人ついてくる。海から這い上がってくるような風が雪媛の髪を揺らした。

(舟……海の上に出れば、もう逃げ道はない)

おもむろにくるりと振り返ると、雪媛は男たちに愛想よく微笑みかけた。

「言葉はわからなくても、これはわかるだろう?」

首飾りを外し、男たちの目の前に吊るすように差し出した。

「――これで、見逃してくれないか?」

言うな否《いな》や、雪媛は首飾りを彼らに向かって投げつけた。

反射的に手を出した男に、思い切り体当たりする。その隙に駆け出した雪媛に、もうひとりの男が叫び声を上げた。

雪媛は出口を探した。

曲がり角から別の男が二人飛び出してくる。彼らは剣を手に、戻れ、と身振りで示していた。踵《きびす》を返そうとすると、今度は後ろから先ほどの二人が追いかけてくるのが見えた。

雪媛はじりじりと囲い込まれていく。

「――戻れ。舟に乗るんだ」

ひとりが、共通語で雪媛に命じた。

雪媛はついに立ち止まった。呆気《あっけ》なく終了した逃走劇に臍《ほぞ》を嚙む。高い買い物には、やはり相応の管理が徹底されているらしい。

(これ以上は、無理か……)

首飾りを返され、仕方なくそれを再び身に着ける。雪媛に傷をつけたくないのか、彼らは手荒な真似をするつもりはないようだった。ただし、今度は逃げられないように腕を摑まれたまま、階段に足をかける。

急な階段を下り、舟に乗り込んだ。

海に飛び込んで逃げ出そうかと幾度も考えた。泳いで陸を目指して、逃げ切れるだろうか。

しかし先ほどの逃亡未遂で警戒されたらしく、一緒に乗り込んだ男は剣を片手にじっと雪媛を見据えている。仕方なく、雪媛は波に揺られながら、息を潜《ひそ》めた。

やがて、港が水面《みなも》の向こうに浮かび上がるように近づいてきた。

陸地には人だかりができており、彼らは一様に沖を見つめて歓声を上げている。

「ああー、惜しい！」

「もっとよく見ろ！」

一段高いところに、日よけの布を張った席が設《もう》けられていた。雪媛を買ったネジャットが、そこで悠々と酒を片手に海を眺めている。連れていかれた女たちが周囲に侍《はべ》っているのかと思ったが、その姿はどこにもない。

あたりには屋台が軒を連ね、お祭り騒ぎだ。「賭けた賭けた！」と金を集めている者もいる。

観衆に囲まれているのは、弓を手にした男だった。

彼は海上に向かって、ゆっくりとその弓弦《ゆづる》を引き絞る。

何かを狙っているのだ。

その視線の先を、雪媛は辿った。

一艘の小舟が波間に浮かんでいる。

そこに、木の杭に縛り付けられて身動きのできない女の姿がある。先ほど連れていかれた、こげ茶色の髪の女だった。

彼女の表情は恐怖に引きつっていた。

その頭上には、赤い林檎《りんご》が据えられている。

「さあさあ、あの林檎を見事射貫《いぬ》けば、あの女も、身に着けた宝飾品も、すべてお前のものだ。ひとり三本までだから、次の矢で最後だぞ！」

男が放った矢は、林檎ではなく女の肩に命中した。

雪媛は息を呑んだ。

女の口から、絶叫が響く。

「残念！　次の挑戦者は？」

先ほどとは別の男が前に出る。人々は歓声を上げげた。

「おい、結局まだ誰も成功してないじゃないか」

「そろそろ命中させてほしいよな。何人目だ、これで」

矢が放たれた。

女の顔を掠《かす》めていく。風があり、高い波が立っていた。ぐらぐらと揺れている舟の上の、ほんの小さな林檎を狙うのは難しいだろう。

落胆の声が海岸に満ちる。

「――あの女が死んだら、次はお前の番だ」

雪媛を連れてきた男が、櫂《かい》を手に言った。

「見事林檎を射貫く挑戦者が現れれば、その男に身請《みう》けされることになる。いい弓の使い手が現れることを期待するんだな。――今のところ、八人全員、矢に当たって死んだ」

再び矢が放たれた。

その鏃《やじり》が女の胸に吸い込まれ、鮮血が白い衣を濡らした。力なく項垂れ、波打つ髪がだらりと下がって風に揺れた。

あちこちでどよめきが上がった。挑戦が失敗したことへの落胆と、人の血と死を目《ま》の当たりにできる娯楽としての歓声が。

雪媛は青ざめながらも、息絶えた女の姿を見据えた。

だから全員、白い衣なのだ。流れた血が、よく目立つように。

「出番だ」

死んだ女の舟に近づくと、動かなくなった彼女の姿がはっきりと確認できた。その遺体は、縄を解かれると雪媛の乗ってきた舟に運び込まれた。見開かれたままの目が、虚空《こくう》を見つめている。せめて、その瞼を閉じてやりたかった。

代わりに雪媛が杭に縄で縛り付けられた。林檎は、ちょうど頭上のあたりに突き出た釘に刺して固定してあるようだった。

「お前で最後だ。せいぜい粘ってくれよ。ご主人様が満足するまで。――機嫌を損《そこ》ねると、俺たちがとばっちりを受ける」

そう言って男は暗い表情で舟を漕《こ》ぎ、遺体とともに遠ざかっていった。

早速、挑戦者が弓を構えている。

京の嬉しそうな顔を思い出す。きっとあの群衆の中にいるに違いない。雪媛がじりじりと苦しんで殺される様を見届けたいだろう。

(これは確かに——完璧な買い手だ)

ひゅっと、すぐそばを矢が掠めていった。

ああ、と落胆の声が響く。

三度とも外した挑戦者は悔しそうに呻いて下がり、新しい挑戦者が前に出る。

「——少し待て」

ネジャットが片手を上げて、立ち上がるのが見えた。

「もっと近くで見たい！　舟を出せ！」

慌てて舟の準備が始まり、余興は一時中断となった。

雪媛は波に揺られながら、つい先ほど目にした女の遺体を思い浮かべた。

玉瑛が死んだ時、恐怖や痛みよりも絶望感が強かった。

円恵《えんけい》の毒で死にかけた時には、突然のことで恐怖を感じる暇《ひま》はなかった。

どちらも、こんなふうにじわじわと死に至るより、ましだったのかもしれない。

「こんなことなら、もっと早くお前に殺してもらっておけばよかったな……」

そう呟《つぶや》いて、苦く笑った。

青嘉《せいか》はきっと今頃、雪媛を救い出そうとしているはずだ。それでもまさか、こんな場所で奴隷として弓矢の的《まと》になっているとは思わないだろう。

遠くに霞《かす》む陸地を眺めながら、雪媛はあるはずのないその姿を探した。

ネジャットを乗せた舟が近づいてくる。絹の座褥《ざにく》を敷き詰めた舟には、彼のほかに日傘を差し出す使用人と漕ぎ手が乗っていた。

「旦那様、あまり近づきますと矢が当たるやもしれませぬ」

使用人が心配そうに進言する。

「だから迫力があるのではないか。それに、なんのためにそこにお前がおる」

言われて、使用人の男は表情を固くした。矢が飛んできたら、その身を挺《てい》して防げということだろう。

「始めろ！」

ネジャットが手を上げる。

それを合図に、挑戦者が雪媛に狙いを定めて矢を向けた。腕が木の幹のように太い、剛腕を誇示するような髭面《ひげづら》の男だ。

雪媛は大きく息を吸い込み、胸を張った。

怯《おび》えたり苦しむ素振りを見せれば、舟の上からこちらを眺めているこの悪趣味な男と、そしてなにより、どこかで自分を見ているであろう京を喜ばせるだけだ。

風に煽《あお》られた矢は、ネジャットの舟に向かって飛んだ。ひい、と使用人が悲鳴を上げる。矢は舳先《へさき》のあたりを通り越して、海へと落ちた。

次の矢は使用人が持つ日傘に当たったので、使用人はぎゃあと身を竦《すく》め、傘を手放してしまった。不快そうに顔を歪《ゆが》めたネジャットが、杖《つえ》で使用人の肩を打つ。

最後の矢が放たれると、これも風向きのせいでネジャットのすぐ横を掠めていった。

「はははははは！　緊張感があってよいのう！　だが早く、あの女の肌を流れる血が見たい！　赤がよく映えるだろう！」

恐れる様子もなく、愉快そうに笑っている。映えるだろうと雪媛を買い取った際に言っていたのは、そういう意味だったのかと思うと心底虫酸が走った。

ところがその後、三人続けて失敗し、彼の機嫌はいささか損なわれていった。

いずれの矢もまったく雪媛に当たることなく、突風によって大きく逸《そ》れてしまったのだ。しかもよりによって、ネジャットの乗る舟の方向ばかりに飛んでいく。

「――ええい、下手《へた》くそめ！」

さらに次の挑戦者に至っては、三本ともネジャットの舟に穴をあける結果となった。彼は立ち上がり、大声で吠《ほ》えた。

「どこを狙っているのだ！　その目は飾りかー！　おい、そいつを捕らえろ！　目をえぐり出せ！」

次の挑戦者もまた、大きく的を外した。

矢はネジャットの頭を掠め、舳先に突き刺さった。彼は自分を庇《かば》わなかった使用人を、再び杖で殴《なぐ》りつけた。

雪媛は違和感を覚えた。

確かに先ほどから強い風があり波が高いので、命中率は下がっておかしくない。しかし、雪媛の前にすでに九人もの死人が出ているのだ。それが、今のところ雪媛に掠りもしないどころか、矢が射られた時に限って、ネジャットの乗る舟に向かって突風が吹く。それは彼が舟を停める位置を何度変えさせても同じだった。

ふと、この感覚には妙に覚えがある気がした。

「……？」

困惑《こんわく》しながら視線を彷徨わせていた雪媛は、ふと思いがけないものが視界に入ったことに気がついた。

目を瞠り、見間違いかと瞬《まばた》き、もう一度よく確認する。

途端に、体中から力が抜けた。

思わず肩を震わせる。

「……っ、ふっ……くく……」

喉の奥から笑い声が湧き起こるのを、抑えられなかった。

「ふ、ふふふ………あっはは……」

緊張していた分、反動のように笑いが止まらない。

突然笑いだした雪媛に、ネジャットが「恐怖で狂ったか?」と首を傾《かし》げている。

そのネジャットの、背後。

舟の櫂を持つ漕ぎ手の男が、身を縮めている。

燗流《かんる》は憮然《ぶぜん》とした表情で、舟に刺さった矢を抜いて海に放り投げていた。

恐らく最初から雪媛に気づいていたのだろう。目が合うと、困ったようにへこっと頭を下げた。

「まったくもって、お前は最強だなぁ……」

雪媛は泣きそうな気分だった。

一体、どうして彼がこんなところにいるのだろうか。

だが、とにもかくにも、突然に目の前が明るくなった。

燗流がそこにいる限り、雪媛に矢が当たることはない。

思った通り、その後も挑戦者たちが何度矢を射ても、すべてネジャットの――実際には燗流の――いるほうへと向かっていくのだった。

「あやつらやる気があるのか！　わざとこちらを狙っているのではないか⁉　ええい、舟を戻せ！　全員首を刎《は》ねてやる！」

ネジャットが怒りに震えて立ち上がった。

その時だった。

ひゅっと空気を切り裂く音がした。

ぱん、と何かが頭上で弾《はじ》ける。雪媛ははっと視線を上げた。

頭上の林檎が飛び散って、頬にその果汁がぽとぽとと落ちてくる。

一本の矢が、杭に刺さって揺れていた。

陸では大きなどよめきが起きている。

「当たった！　今日初めての当たりだ！」

「誰だ？　誰が射貫いた⁉」

しかし挑戦者たちは、互いに困惑したように顔を見合わせていた。

「誰も矢を放ってなかったぞ」

「あっちだ、崖の上のほうから飛んできたのを見た」

見事な腕を見せた弓の使い手の姿を、皆が探し始める。

小さな黒い影がすうっと海の上を滑空し、雪媛の舟へと近づいてくるのが見えた。

一羽の烏《からす》が、悠然と雪媛の頭上、杭の上に止まる。

雪媛はその姿を見上げ、ぽかんと口を開けた。

「…………小舜《しょうしゅん》……か？」

答えるように、烏は「カァ」と鳴いた。そしてまた空に舞い上がり、ばさばさと翼を広げて海岸沿いの崖に向かって飛んでいく。

その崖の上に、人影があった。

弓を手にしたその人物の鬣《たてがみ》のような髪が、海風に煽られて大きくなびいている。

その姿に、雪媛は思わず叫んだ。

「――――瑯《ろう》⁉」

七章

　ネジャットが、甲高《かんだか》い笑い声を海原に響かせている。

「見事だ！　まっこと見事！　ははははは！　おい、早く岸へ戻せ！　あやつを呼んで、褒美《ほうび》の授与式を盛大に行うのだ！」

「あー、それが旦那様。残念なお知らせが……」

　燗流《かんる》が恐る恐る口を開いた。

「なんだ！」

「この舟、浸水しています」

「……うわっ！」

　ネジャットは足下に海水がひたひたと迫っていることに気づき、悲鳴を上げて腰を浮かせた。

「馬鹿者、何をしている！　早く水を掻き出せ！」

「はぁい」

矢があけた穴から水が入り始めたらしい。使用人と燗流が懸命に水を掻き出すが追いつかず、徐々に舟は傾き始めた。

「旦那様、無理です！　あちらの舟に避難を！」

燗流が慌《あわ》てて櫂《かい》を操り、どうにか雪媛《せつえん》の乗る舟に横づけすると、彼らはぎりぎりのところで飛び移ることに成功した。穴のあいた舟はごぼごぼと音を立てて沈んでいく。

「はぁ、はぁ、なんということだ！　……だが、面白かった！」

ネジャットは無邪気に笑った。ここで不機嫌になって周りに当たり散らすよりましかもしれないが、自分の生命の危機すら面白がるこの男に、雪媛は得体《えたい》の知れぬ仄暗《ほのぐら》いものを感じた。

「さぁ、岸へ戻るぞ！」

「はぁい」

燗流は言われた通り、舟を出す。

海岸へと辿《たど》り着くと、ネジャットはひょいと飛び降りて、

「射た者はどこにいる！」

と子どものように駆け出した。使用人も慌《あわ》ててそれを追いかける。

雪媛はいまだに杭に縛られたままだったが、燗流が静々と縄を解いてくれた。それでようやく、二人は言葉を交わすことができた。

「――助かった」

「はぁ、いえ。何もできませんで、申し訳ないです」

「何を言う。お前がいなかったら、もうとっくに死んでいた」

「実を言うと、昨日から館にいらっしゃることは気づいていたんです。とはいえ同じく奴隷の身としてはどうすることもできなくて……」

「何故《なぜ》こんなところにいるんだ。お前も売られてきたのか？」

「はぁ。もう、話せば長いんですけど、いろいろありまして……」

あまりに記憶にあるままの燗流だったので、雪媛は思わず噴き出した。

「お前の顔が見れて、思っていた以上にほっとする」

「それは光栄です。しかし、状況としてはあまりよくないままなのではありませんか。聞いたところでは、あの林檎《りんご》を射貫《いぬ》いた相手に賞品として与えるとかなんとか」

「それは、心配いらないようだ」

雪媛は舟を降りた。

人だかりができている。ネジャットが、見事な腕を見せた弓使いを前に大声で叫んでいるのが見えた。

「あの崖の上から射たのか⁉　この場から射るよりも遠いではないか！　波が高く風もある中、しかも、たった一射で！　素晴らしい！」

「あの林檎を射貫けば、褒美がもらえると聞いたのだが」

「もちろんだとも！　あの女も、あの女が身に着けた宝石もお前のものだ。いやしかし、それだけでは足りぬな。おい、金庫から金塊《きんかい》を持ってこい！　今宵《こよい》は宴《うたげ》を開こう！　そなた、もっと遠い小さな的《まと》でも射貫けるか？　よい余興になりそうだ。――そうだ、是非私の護衛になってくれ。いくらでも金は払うぞ。おおい、港中に酒を配れ！　私のおごりだ、どんどん飲むがいい！　皆存分に楽しめ！」

周囲にいた人々が大歓声を上げ、「さすがネジャット様！」「よっ、太っ腹！」と口々に讃《たた》えている。

盛り上がっている彼らをよそに、囲まれていた瑯《ろう》が雪媛に目を留《と》めた。

「瑯……」

瑯はぱっと相好《そうごう》を崩し、群衆を押しのけて駆け寄ってくる。

「幻かと思うた。こがなところにおるとは思わんかった」

「お前こそ。一体どうしてここに……」

「──雪媛様！」

背後から聞こえたその声に、雪媛は雷に打たれた気分になった。

恐る恐る振り返る。

人だかりの中から、信じられないようにこちらを見つめながら、瞳に涙を溢《あふ》れさせている女が進み出た。

「芳明《ほうめい》……」

芳明は肩を震わせながら、覚束《おぼつか》ない足取りで駆け寄ってきて、雪媛に抱きついた。

「ご無事で……！」

雪媛も、強く抱きしめ返す。

「身体は大丈夫なのか？　痛むところは？」

芳明はしゃくり上げながら、こくこくと頷《うなず》いた。

「……平気です。雪媛様こそ、お怪我《けが》はありませんか？」

「ない。強《し》いて言うなら、髪が林檎の果汁まみれだ」

「ふふっ……」

涙を拭《ぬぐ》いながら芳明が顔を上げる。

彼女の後ろに、小さな男の子の姿があるのに気がついた。

「天祐《てんゆう》、いらっしゃい。雪媛様よ。ご挨拶《あいさつ》して」

「天祐……？」

しばらく見ないうちにすっかり大きくなった天祐が、ぺこりと頭を下げた。

「こんにちは、雪媛様」

その健《すこ》やかな姿に、体から力が抜ける気がした。

「無事、だったか……二人とも」

膝《ひざ》をつき、天祐の小さな身体を腕の中にしまい込む。少し戸惑《とまど》ったように、天祐が身じろぎするのがわかったが、構わず強く抱きしめた。

雪媛が関与しなければ、この世に存在しなかったかもしれない二人。それが、こうして二人とも息をして、また自分の目の前にいる。

「よかった……」

「驚きました。とんでもなく悪趣味な催《もよお》しに出くわしたと思ったら、雪媛様があんなところにいるんですもの！」

芳明はまだ少し涙声だ。

「慌てて瑯が矢を放って……もう、万が一外れたらと思うと、気が気ではありませんでした」

「助かった。――でも、三人揃《そろ》って何故こんなところに？」

「……私たち、すっかりお尋《たず》ね者になってしまったんです。瑞燕国《ずいえんこく》にいる限り追われ続けるなら、もう国を出るしかないと思って金孟《きんもう》殿に相談したら、西へ向かう商船に乗せてもらえるよう手配してくれました。それからは海沿いの街を転々と移動して……ここへ来たのは三日前です」

「そうか……」

雪媛が解放してやると、天祐は少し照れたような表情で、瑯に飛びついた。その身体を瑯がひょいを抱《かか》え上げる。

「天祐と瑯は、仲良くなったようだな」

「ええ、まぁ……ずっと一緒でしたし」

わずかに芳明が頬を染めて、決まりが悪そうに頷いた。それでなんとなく、二人の間に変化があったらしいことに察しがついた。

「よかった」

「……雪媛様」

「お前を守ってくれる者がいてくれて、とても嬉しい」

「…………はい」

「て、天祐じゃないか！」

遅れて舟から上がってきた燗流が、驚いたように声を上げた。

「あれっ、おじさん！」

天祐が燗流に気づき、目を丸くしている。

「天祐、知っている人なの？」

「うん。おじさん、偶然だねぇ！」

燗流は感極《かんきわ》まったように、よろよろと天祐に近づく。

「ああ、これは天のお導きか……」

「おじさん、大丈夫？　なんか痩《や》せたね」

「一生奴隷生活も覚悟していたが、お前がいるならもう大丈夫そうだ……」

「お母さん。おじさんはね、都で一緒にお母さんを探してくれたんだよ」

「あら、まぁ。息子がお世話になったんですね。ありがとうございます」

涙目の燗流は、芳明に目を向けると息を呑んだ。

「…………っ！」

ふらふらと後退《あとずさ》る。

「まさか、天祐、この人がお前の……？」

「僕のお母さん」

「芳明と申します」

「…………………本当に、美人だ」

しばらく呆けた燗流が、ぼそりと呟《つぶや》くのが聞こえた。

やがて自分の頬をつねり始める。

「夢……か？　そんな都合のいいことが本当にあるのか？」

「燗流、どうした？」

これほど動じた様子の燗流を見たのは初めてで、雪媛は心配になった。

すると燗流は突然しゃきっと背筋を伸ばし、勢いよく芳明の前に躍《おど》り出る。

「はじめまして。私、姜《きょう》燗流と申します。天祐君が一人で都へ行くと言うのを聞いて、子どもひとりでは危険だろうと旅の道連れとなった次第です。天祐君とは前世からのご縁かと思うほど意気投合しまして、すっかり仲良しになりました。それはもう周囲から実の親子とよく間違われるほどに」

「まぁ、それはありがとうございました。お蔭様で、息子とも再会できました」

「当然のことをしたまでです。何より息子さんは幸運の——ああ、いえ——あの、それで芳明さん！　私は——」

唐突に、瑯がずいっと二人の間に割り込んだ。

燗流は「わっ！」と声を上げて飛び退《の》く。

「……えっ、な、何？」

「…………」

無言で睨《にら》みつけられ、燗流は竦《すく》み上がった。

「ちょっと瑯、話し中よ。邪魔しないで」

「…………」

瑯はじりじりと燗流を追い詰めた。

燗流はその様子に、何事か察したらしい。

「あ……ああー、そういうことね……」

表情をなくし、すうっと身を引く。

「……そうだよなぁ、そうでしょうねぇ、うん。わかってた、わかってましたよ……俺にそんな幸運が降りかかるわけないいって」

燗流はがっくりと肩を落として、海を眺めながら膝《ひざ》を抱えた。

「おじさん、大丈夫？」

「都についたら逃亡罪で懲罰《ちょうばつ》、戦《いくさ》が始まったら最前線に放り込まれて、あっけなく敗走して補給もなく転々として、仲間たちはどんどん脱走し始めたからその流れに乗って俺も逃げたら人買いに捕まって、気づいたら見知らぬ土地で奴隷になって毎日襤褸雑巾《ぼろぞうきん》のようにこき使われ……そうだよ、これが俺らしい人生だ」

ぶつぶつと漏《も》らされる独り言から、彼の身に何があったのかおおよそわかった。

雪媛は苦笑する。

「瑯、この男の身柄も褒美としてもらい受けたいと、ネジャットに頼んでくれないか?」

瑯はまだ燗流を威嚇《いかく》するように睨みつけていた。

「えー」

「頼む。天祐だけでなく、私もとても世話になったんだ」

渋々というように、瑯が頷きネジャットのもとに戻っていく。

「燗流殿は、雪媛様のお知り合いなのですか?」

「流罪《るざい》になった時にいろいろとな。ついさっきも、燗流のお蔭で命を救われた」

「まぁ、頼りになる方なんですね。……あの、ところで雪媛様。青嘉《せいか》殿は一緒ではないのですか?」

「ああ。私だけここへ連れてこられて――」

「――危ないっ!」

唐突に、背後で鋭い声が上がった。

それと同時に、何かが倒れる音。

はっとして振り返ると、短剣を手にした京《きょう》が這《は》うように倒れていた。彼女を押さえつけた男が、その手から短剣を奪い取る。

「雪媛様、ご無事ですか！」

京に馬乗りになりながら顔を上げたのが潼雲《どううん》だったので、雪媛は再びぽかんと口を開いた。

「潼雲⁉」

「この女、動きが怪《あや》しいと思って見ていたら、剣を持って雪媛様に襲いかかろうとしたのです！」

「放せぇ！　ああ、柳雪媛！　私が、私がこの手で息の根を止めてやる……っ！」

「……ん？　この女は、確か……」

京の顔を覗《のぞ》き込んで、潼雲が記憶を探っている。

「雪媛様！」

人垣をかき分けるように、飛蓮《ひれん》が現れた。

「⁉　……飛蓮……お前まで」

呆気《あっけ》にとられている雪媛に、飛蓮が感極まったように極上の笑みを浮かべて跪《ひざまず》いた。

「雪媛様、ああ、ご無事でいらっしゃいましたか！」

雪崩《なだれ》を打つような再会の連続に、雪媛の頭が追いつかない。

「お前たちまで、何故ここにいる……？」

「ひ、ひ、れん……っ!?」

京が叫んだ。

地面に這いつくばりながら、こぼれ落ちそうなほど目を大きく見開き、驚愕《きょうがく》に震えている。

ようやくその存在に気づいたというように、飛蓮が眉を寄せて振り返った。

「飛蓮……っ、ああ、お前……！」

しかし飛蓮はふいっと顔を背《そむ》け、雪媛を見上げた。

「雪媛様がクルムに囚《とら》われ、その身柄の受け渡しが行われると聞き及んで、飛んでまいりました。ご無事で本当によかった！」

「飛蓮、飛蓮……！」

京が彼を振り向かせようと声を上げたが、飛蓮は雪媛から目を逸《そ》らさない。

「急ぎここを離れるべきです。唐智鴻《とうちこう》率いる使節団がこの港へ向かっております。やつは陛下の命《めい》で使者となってはおりますが、今の臨時朝廷において雪媛様の立場は危ういもの。見つかれば、無事に瑞燕国へ戻ることは叶《かな》わないでしょう。何より陛下はいまだ、正常な判断がつく状態ではございません」

「智鴻……智鴻がここへ⁉」

わめく京の頭を、潼雲が問答無用に強く地面に押しつけた。くぐもった声が上がった。

「雪媛様、申し訳ございません。この女、確か以前に奴隷として売り飛ばしたはずですが、手ぬるかったようです」

雪媛は肩を竦めた。

「ああ、それでいてなかなかの努力家だ。クルムの妃《きさき》付きの侍女《じじょ》にまで成り上がっていたぞ。その能力を、もっと建設的なことに生かしてほしかったものだ」

「クルム？　雪媛様、クルムにいらっしゃったんですか？」

芳明が驚いたように声を上げる。

「ああ。その話はまた後でだ」

「このまま、息の根を止めましょうか？」

潼雲が剣を京の首に突きつける。

青ざめた顔でもがくようにじたばたと暴れる京は、潰《つぶ》された虫のように見えた。

雪媛は飛蓮の様子を窺《うかが》った。彼こそ、この女を殺してやりたいと思っているのではないだろうか。

しかし飛蓮は、表情を消して顔を逸らすばかりで、一切京を見ようとしなかった。

「…………いや」

雪媛は足下に這いつくばっている女をじっと見下ろした。

「また売ってこい。いい買い手が、ここならたくさんいるだろう」

京は金切り声を上げた。

「柳雪媛……！　必ず、お前には天罰が下るぞ……っ！」

「ええい、黙れ！」

潼雲が再び京の頭を押さえつける。

そこへ騒ぎを聞きつけ戻ってきた瑯がやってきて、「あれっ、潼雲？」と目を丸くする。

「何しとるんじゃ、こがなところで」

「瑯⁉　お前こそ！　……ってお前、また言葉遣《づか》いがもとに戻ってるじゃないか！　あんなに特訓してやったのに！」

「芳明が無理せんでええ言うき。――あ、その男のことは連れていってええ言われました」

ネジャットの了承は無事に得られたらしい。それを耳にして、燗流がほっとしたように胸を撫で下ろした。

「雪媛様、ともかく、この女さくっと売ってきます」

そう言って潼雲が、ぞんざいに京を引きずっていく。

「いやっ！　飛蓮……飛蓮、助けてぇ……！」

京の金切り声が響き渡った。しかし飛蓮は、頑《かたく》なに見向きもせずに顔を背けたままだ。

「飛蓮っ！　飛蓮ー……！」

その声が遠ざかり、潼雲の姿も見えなくなると、飛蓮はようやく大きなため息をついた。

「――助けろなどと、よくもぬけぬけと言えたものだ、あの女！」

顔をしかめ、我慢ならないというように頭を掻き回す。

「よく辛抱《しんぼう》したな、飛蓮」

雪媛が言うと、飛蓮は驚いたように瞬《まばた》いた。

「え――」

「自分の手で、京を殺したいと思ってもおかしくないのに」

「そんなことをしたら、あの女を喜ばせるだけです。俺が一切反応しないことこそ、あの女にとっては一番苦しいことでしょうからね」

だから徹底して無視していたのだな、と雪媛は苦笑した。

「飛蓮殿、ご無事で何よりでした。燦国《さんこく》へお行きになったと聞いていましたが」

芳明がほっとしたように話しかける。

「芳明！　散々探したんだぞ。江良《こうりょう》殿たちも心配していた」

「ご心配をおかけしました。お蔭様で、こうして息子も一緒に無事生きております」

するとネジャットがずかずかとやってきて、卿の肩に親しげに手を置いた。

「さぁさぁ、我が館へ案内しよう！　宴じゃ宴じゃ！　弓の名手を歓迎しようぞ！」

どうしようか、と目で問う卿に、雪媛は耳元で囁《ささや》く。

「卿、ひとまずこの男を満足させてやってくれ。この港での実力者だ、取り入っておいて損はないだろう。……できれば、ここを離れるための船を一隻手配したいと思っている」

卿は意図を察したようで、こくりと頷いた。

「飛蓮、芳明たちを連れていってくれ。私たちも、適当なところで抜け出して合流するから」

「あんな男の屋敷についていくのですか？　危険では――」

「私の所有権は卿に移った。奴隷売買で成り立っているこの港で生きる者が、その権利をないがしろにはしないだろう。それに何より、燗流がいるから大丈夫だ」

名指しされた燗流は「えっ」と渋い声を上げる。

「俺も行くんですか？」

「お前も瑯のものになった」

「…………」

まだ瑯に睨みつけられている燗流は、身を縮めた。

「そちらの御仁《ごじん》は、それほど腕が立つのですか」

「ある意味最強だから安心しろ」

飛蓮に疑わしげな目を注がれ、燗流はさらに身を縮めた。

「わかりました。我々は港の外れにある、デニズクズという宿におりますので」

「うん。――それから、飛蓮」

「はい」

「ここまで来るのは、簡単なことではなかっただろう。――感謝する」

飛蓮は驚いたように動きを止め、やがてじわじわと頰を赤く染めると、

「…………は、はいっ」

と感に堪《た》えないというように瞳を潤《うる》ませた。

「雪媛様、必ずですよ。戻ってきてくださいね」

芳明が心配そうに雪媛の手を取る。

胸の中に、懐《なつ》かしさと、大きな安堵《あんど》と、そして何より、この世界で手にした何かが満ちていた。

少し鼻の奥がつんとしているが、皆には気づかれないように堪《こら》えた。

安心させるように笑みを浮かべ、「さぁ行こう」と卿と燗流の背を押した。

「大丈夫だ」

「放せ！　このっ……私にこんなことをして、許されると思うでないぞ！　私を誰だと思っている！」

暴れる京を引きずって人気《ひとけ》のない路地裏までやってくると、潼雲は無造作に彼女を放り出した。

「うっ……！」

倒れ込んだ京は石畳に爪を立て、恨めしげに顔を上げた。

「許さない……！　よくもこんな……っ、必ずあの女に、飛蓮に、それにお前にも、復讐してやる……！　天の裁《さば》きは、必ず下されるぞ！」

「そうか」

京の怨嗟《えんさ》を聞き流しながら、潼雲はおもむろに剣を引き抜く。

京はぎくりとして、表情を強張《こわば》らせた。

「な、何を――」

無言で、潼雲は剣を振り下ろした。

逃げようともがく京の、その背中に一太刀《ひとたち》浴びせる。

「ひぃ……！」

京は悲鳴を上げて蹲《うずくま》った。

まだ、事切れてはいない。潼雲は冷たい目で、女を見下ろす。

「雪媛様も飛蓮殿も、お優しい。……だからこうして、汚れ仕事をする人間が必要なんだ」

じりじりと、血のついた剣を手に迫ってくる潼雲に、京は這いつくばって哀れっぽく両手をこすり合わせた。

「ひっ……たっ……助け……どうか……っ」

「――あの時、お前を奴隷になどせず、最初からこうしていればよかった」

潼雲は剣を逆手に持つと左手を柄《つか》に添え、突き下ろした。

体重を乗せた切っ先が、一気に胸を貫《つらぬ》く。

何が起きたのかわからないというように、京は目を剝《む》いた。

刃《やいば》を引き抜くと、鮮血が弾《はじ》けた。女の身体はぐらりと揺れ、そのまま壁に背を預けて動かなくなった。

潼雲は息をつき、剣の血を丁寧《ていねい》に手巾《しゅきん》で拭い取る。

遺体は、近くの崖から海へと放り込んだ。眼下に上がる水飛沫《みずしぶき》を無感動に眺める。

青嘉にはきっと、こういうことはできないだろう。

(俺がやればいい)

雪媛が事を成すには、自分のような人間も必要だ。

少なくともこれで、雪媛や飛蓮を脅《おびや》かす不安要素はひとつ減らすことができた。

そのまま何食わぬ顔で宿に戻ると、芳明が茶を淹《い》れているところだった。雪媛たちは後《のち》ほど合流すると聞かされ、潼雲は「そうか」と言って差し出された茶に口をつけた。

「……雪媛様の傍《そば》に、青嘉がいなかったな」

「ええ。一体何があったのかしら……」

疲れて眠っている天祐の傍《かたわ》らで、芳明が表情を曇らせた。

「高く売れたか?」

飛蓮が尋ねた。

「あの女にそれほどの値がつくはずないでしょう。まぁ、厳しい主人のもとに買い取られていったから心配ありません。もう二度と、雪媛様や飛蓮殿の前に姿を現さないでしょう」

「そうか」

すると飛蓮は、「潼雲、ちょっと」と外に出るよう促《うなが》した。

「なんです？」

部屋を出るなり、飛蓮は潼雲の腕を唐突に摑んだ。

「──何を」

飛蓮が、耳元で囁く。

「殺したのか？」

潼雲は平静を装《よそお》った。

「……何を言って……」

「袖《そで》に、血がついているぞ」

しまった、と思い袖口を確認した。

しかし、血などどこにもついていない。

飛蓮がゆっくりと手を放す。かまをかけられたのだ。

観念して、潼雲は息をついた。

「…………勝手なことを、いたしました」

「いや、お前がやらなければ、俺が手を回していたと思う」

「飛蓮殿……」

「礼を言う。――弟の分も」

本当は彼が一番、その手で決着をつけたかったのかもしれない。だが雪媛が望まないことを、彼はしたくはなかったのだろう。

潼雲は静かに、首を横に振った。

「いいえ。――私は、あの女を売ってきただけですので」

飛蓮は複雑そうに微笑を浮かべると、とんと潼雲の胸を小突いた。


夜が更《ふ》けて、ようやく雪媛は瑯と燗流を伴い宿屋デニズクズへとやってきた。白壁の三階建ての建物で、窓から顔を出していた天祐が最上階から手を振っているのが見えた。瑯が手を振り返す。

「ああよかった！　また何かあったらどうしようかと……」

部屋に入るなり、芳明が飛びついてきた。

「雪媛様、何か召し上がられますか？」

「いや、卿のお蔭で随分《ずいぶん》ともてなされてきたから」

別室を取っていた飛蓮と潼雲もやってきて、芳明が茶を淹れ、ようやく全員がゆっくりと顔を合わせた。

自分を取り囲むように腰を下ろした者たちの顔を、ひとりひとり、雪媛は感慨《かんがい》深く眺めやる。

「……もう、皆には会えないのだと思っていた」

ぽつりと、言葉がこぼれた。

「また会えて——自分でも驚くほど嬉しい」

「雪媛様……」

芳明が泣きだしそうな顔をする。

「雪媛様は、ずっとクルムにおられたのですか？」

潼雲が尋ねた。

「ああ、左賢王《さけんおう》のところに世話になっていた」

「左賢王シディヴァですか？　あの勇名を馳《は》せている……」

「行き倒れているところを助けられて、しばらくはその領地に。最近までは、クルムの都であるアルスランにいた」

「青嘉も一緒に？」

「……そうだ」

「では、あいつは今もアルスランにいるのですか」

「わからない。クルムのカガンは、左賢王を謀反《むほん》の罪で処断するつもりだった。青嘉はシディヴァと一緒にいるはずだ。――私は捕まり、船に乗せられたので、それからどうなったのかがわからない」

飛蓮が表情を険《けわ》しくする。

「謀反？　ではクルムでも今、内乱が？」

「ああ。だがシディヴァは、謀反を起こすつもりなどない。これはカガンの疑心暗鬼が引き起こしたことだ。……それに、私のせいでもある。私の正体を知ったカガンが、瑞燕国とシディヴァが手を組んだという、それらしい筋書きを作り上げてしまった」

オチルは恐らく、雪媛がいようがいまいが、シディヴァの罪を捏造《ねつぞう》し陥《おとしい》れようとしただろう。実際、雪媛がクルムにいなかったはずの歴史上でも、シディヴァは殺されているのだから。

「私は、クルムに戻るつもりだ」

「瑞燕国へは、お戻りにならないのですか？」

遠慮がちに、飛蓮が言った。

「あの国に、もう私は必要ない」

「いいえ！　今、瑞燕国は混乱の極みにあります。誰かが導かねばなりません。それができるのは、雪媛様だけです」

「その通りです。陛下は雪媛様がいなくなって以来、魂が抜けたようなご様子。それをいいことに、雨菲《うひ》様が皇后のような態度で浙鎮《せっちん》の朝廷を取り仕切っているのです」

潼雲が言い募《つの》る。

「雨菲？」

雪媛はその意外な名を聞いて、眉を寄せた。芳明が頷く。

「ええ、蘇高易《そこうえき》様のご息女の雨菲様です。あの方、環王《かんおう》と恋仲だったと思いきや、いまや陛下の寵姫《ちょうき》となられて……世間知らずのお嬢様だと思っていたら、どうやら本性を見誤っていたようです」

芳明は、雨菲に仕《つか》えていた間の様子を語って聞かせた。

「あの娘がね……ふぅん」

「雨菲様と、復権を果たした蘇高易殿。この父娘が、現在の陛下を支える柱となっています。独護堅《どくごけん》の勢力は弱まっている状態です」

「それと、実は陛下は新たな皇后を迎えたのです。燦国の公主《こうしゅ》なのですが……」

今度は飛蓮が、偽《にせ》公主の一件を言いづらそうに語った。

雪媛は目を丸くして、やがて可笑《おか》しそうに肩を揺らした。

「――思い切ったことをしたものだ！」

「申し訳ありません。これ以上よい策が思いつかず……」

「柏林《はくりん》と眉娘《びじょう》は、元気にしているのか」

「はい。二人ともよくやってくれています。……眉娘は雪媛様からお預かりしたというのに、このようなことに巻き込んでしまい、面目《めんぼく》ございません」

「気立てのよい子だろう？」

少し誇らしげに、雪媛は微笑んだ。

「ええ、とても」

「芙蓉《ふよう》は、どうしている？」

「雨菲様と反目《はんもく》していらっしゃいます。でもあの方は少し、刺《とげ》がなくなったように思います。娘の平隴《へいろう》公主と一緒におられる姿を何度か拝見しましたが――御子を失ったことが、大きな衝撃だったのでしょう」

芳明の説明に、飛蓮が思い出したように声を上げた。

「その件については、芳明に話を聞きたいと思っていた。一体あの時、何があったんだ？　独芙蓉に毒を盛ったのは——」

「もちろん、私じゃありません。雪媛様はそんなこと、お命じになりませんでした」

「では、真犯人は誰だったのだ？」

「それは……」

芳明は言い淀《よど》んだ。

「わからないのです、はっきりしたことは……」

それきり、口を噤《つぐ》んだ。

潼雲が身を乗り出す。

「ともかく、唐智鴻が陛下の命を受けてこの港へ向かっているはず。早々にここを離れるべきです」

「唐智鴻が？」

瑯がひどく不愉快そうに顔をしかめる。

「もっと殴《なぐ》っておけばよかったのう」

「お父さんがここへ来るの？」

天祐の問いに、潼雲と飛蓮が「お父さん？」と首を傾げる。芳明が額《ひたい》を押さえた。

「──唐智鴻は、この子の実の父親なんです」

「父親⁉」

「あの人、天祐のことを自分の跡取りにしようとしているようなんです。見つかると厄介《やっかい》だわ」

「知られたのか？　あの男に──」

雪媛は眉を寄せる。

「ええ、すみません雪媛様。いろいろあって、天祐があの人の屋敷に連れていかれたらしくて……」

「僕、妹がいるんだよ！」

嬉しそうに天祐が言った。

その明るい様子に、雪媛は少し安堵した。死んだと聞かされていた父と会えばどんな悪影響を及ぼすかと不安だったが、心配はいらないようだ。

「私は、明日にはここを発《た》とうと思う」

雪媛は言った。

「ですが、船は──」

「瑯が上手《うま》くやってくれた。あの大金持ちが持っている船を借り受けることで、話をつけてきた」

　瑯はあの後、さらに神がかった弓の腕を散々見せつけて、「なんでもほしいものをやろう！」とネジャットに言わしめたのだった。

「行き先はクルムだ。瑞燕国に戻るなら、お前たちの船も手配させる」

「雪媛様を危険な場所にひとりで行かせるなんてできませんよ。俺もクルムへ行きます」

「潼雲」

「それで、青嘉のやつをぶん殴ります！　雪媛様を守り切れず、まったくもって役立たずだと！」

「私だって、このまま雪媛様と離れるなんて嫌です！　ね、瑯？　私たちもお供しましょう」

　瑯はこくりと頷いた。

「青嘉のことも心配やき。俺はまだ、青嘉に教えてほしいことがたくさんある」

「でも、天祐を連れていくのは危険だ」

　すると、黙って話を聞いていた燗流が、そろりと挙手した。

「あー、大丈夫だと思いますよ。その子、俺と正反対なので」

「え？」

そこで燗流は、天祐との旅で起きた様々な出来事を語った。

「──というわけで、天祐は『絶対に幸運を呼び寄せる』人間だと思うんです」

「なんですって？」

芳明がぽかんとしている。

「そんなこと……確かにちょっと運がいいほうかもしれないけれど」

しかし、雪媛からすると無視できない内容だった。

「いや……芳明。燗流が言うなら、間違いないと思う」

「ええ？」

「燗流の運の悪さは、私が何度も目《ま》の当たりにしてきた。それが打ち消されるというのは、ただごとじゃない」

皆不可解そうにしている。

雪媛は苦笑した。確かに、実際に燗流の傍にいて体験しなければ、なかなか信じがたいことだ。

「燗流はどうする？　瑞燕国へ帰るか？」

「いえ、可能でしたらお供させてください。正直俺の場合、ひとりで無事に帰れるとは思えませんし──痛い、痛い」

小舜《しょうしゅん》が燗流の頭を嘴《くちばし》で小突き回している。

雪媛はくすくすと笑う。

「お前がいてくれると、心強い」

「雪媛様はもう、瑞燕国へ戻るおつもりはないのですか？」

飛蓮が表情を曇らせている。

「これからも、クルムで暮らすと？」

雪媛は俯《うつむ》いた。

「……わからない」

もう帰ることは、ないのだと思っていた。

しかし今、急速に意識は瑞燕国へと引き寄せられていた。

こうして瑞燕国の香りを纏《まと》った彼らと相対《あいたい》し話を聞いたことで、遠ざかっていた現実が急に眼前に現れたような気分だった。

本当に、戻らなくてよいのだろうか。

「すまない、飛蓮。今の私にはまだわからない」

「雪媛様……」

「だが、これだけはわかる。今、クルムは混乱の渦中《かちゅう》にあり、その責任の一端は私にあるんだ。私はこれに見て見ぬふりをして、自分ひとり国へ帰るわけにはいかない」

飛蓮は、小さく息をついた。

「わかりました。――では、私もお供します」

「飛蓮」

「雪媛様が奴隷としてあのような扱いを受けたのも、私の過去の因果《いんが》のせいです。私としても、これをなかったものとして国へは帰れません」

「クルムでのことが落着したら――改めて考えてみようと思う。それまで、待ってくれるか」

「承知いたしました」


就寝のため男たちは別室へ移り、部屋には芳明と天祐、そして雪媛だけになった。

天祐はすでに舟を漕いでいて、芳明が寝かしつけてやると、すぐに寝息が聞こえてきた。

「雪媛様。ひとつ、お伝えしていないことがあるのです」

芳明が改まった様子で言った。

「なんだ?」

「独芙蓉の件です。彼女に、紅花《べにばな》をのませた犯人……」

髪を梳《す》いていた雪媛は、ぱっと振り返った。

「確証はないのです。ですが……恐らくは」

芳明は居住まいを正し、真っ直ぐ雪媛を見つめた。

「珠麗《しゅれい》様、です」

「……珠麗？」

芳明は、立后式《りっこうしき》の前日に、体調を崩したという珠麗に薬を渡したこと、その薬を入れていた巾着《きんちゃく》が、後に紅花が入った証拠品として珠麗から提出されたこと、何より、芳明が永《えい》楽殿《らくでん》へ忍び込んでいるのを見たと、珠麗自《みずか》らが証言したことを語った。

「状況から考えると、どうしても、珠麗様の仕業《しわざ》としか思えないのです」

「だが、何故そんな……芙蓉は珠麗にとって自分の主《あるじ》だったはずだ。その芙蓉を……」

「私も不思議に思いました。誰か……もしかしたら唐智鴻に脅《おど》されるか、頼まれるかしたのではないかと。でも私、気づいたんです。珠麗様には、動機があるのだと」

「動機？」

「はい。……雪媛様です」

言いづらそうに、芳明は口にした。

「あの時、独芙蓉の身に何かあれば、立場上雪媛様に疑いが向くのは必至でした。そこに私が動いたという証拠が重なれば、なおさらです。独芙蓉を流産させたのは、目的ではなく手段だったのではないでしょうか。つまり——雪媛様を、失脚させるための」

「……どうして」

　珠麗に恨まれるようなことをした覚えはない。

「私が釈放されてから唐智鴻のもとにいたことは、先ほどお話しした通りです。あの時、私、本当に馬鹿なんですけれど昔の気持ちに引きずられて、彼をもう一度信じようと思い始めていたんです。懐かしさや、かつての感情が蘇《よみがえ》ってきて……でもあの人には奥様がいます。私のことを訪ねてきても、やがては奥様のところに帰っていくんです。私、そのことを考えると——胸が苦しくなりました。本当に、馬鹿でしたけれど」

「芳明……」

「奥様がいなくなればいいのに、と考えるようになりました。——それで、思ったのです。珠麗様もしかして、こんなふうに思っていたのかもしれないと」

「珠麗が……私がいなくなればいいと？」

　芳明はいたたまれないように頷く。

「珠麗様は、青嘉殿と婚約されていました。ですが青嘉殿は、いつも雪媛様の傍におられたでしょう。珠麗様の立場からすると、そう感じていても不思議ではないと思います」

それに、と芳明は少し言いづらそうに雪媛を窺った。

「あの、雪媛様。不躾《ぶしつけ》な質問をお許しください。雪媛様と青嘉殿は、その——お二人で国を出られて、ずっとご一緒におられたわけですが——あの——」

はっきりと口にするのを憚《はばか》るように、芳明は言葉を濁す。

「…………うん」

雪媛は、小さく頷いた。

「シディヴァが、婚礼を挙げてくれると言ってくれた」

芳明は目を見開き、そして口元に手を当てて息を呑んだ。

「そう、でしたか……」

「うん。まぁ、そんな話はもうどこかへ吹き飛んでしまったけれど。こんな状況になるとはね」

「青嘉殿が、何よりも雪媛様を優先されているのは傍《はた》から見ていてもわかりました。雪媛様も、青嘉殿を深く信頼されているのだと……あの、でも、いつから……」

雪媛は苦笑する。

「少なくとも後宮《こうきゆう》にいた頃、一線を越えるようなことはなかったよ。自分の気持ちは見ないふりをしていたからね」

「珠麗様はきっと、気づいていたのではないでしょうか。青嘉殿を想うからこそ、雪媛様がご自分ですら見ないようにしていたその感情が、よく見えていたのかもしれません。そして、青嘉殿の視線の先に誰がいるのか……本当は誰を想っているのかも」

そういうことだったのだろうか。

雪媛は珠麗の儚《はかな》げな表情を思い返した。

自分が、あの心優しい女を、罪に走らせたのか。

「…………なら、やはり芙蓉の子を殺したのは、私だ」

芳明ははっとして、雪媛の手を取った。

「いいえ、違います！　どんな理由があれ、その罪は手を下した者のものです！」

「芳明……」

「雪媛様はいろいろと背負い込みすぎです。――ひとりでは、この手に余るに決まっています。もっと、私たちを頼ってください。一緒に、ついて参りますから」

芳明の手は温かかった。

ゆっくりと、その手を握り返す。

「……芳明」

「はい」

「……生きていてくれて、ありがとう」

雪媛の瞳から、ぽつりと一粒、涙がこぼれ落ちた。

芳明はそれを驚いて見つめ、そして自分も涙を浮かべながら、雪媛をそっと抱きしめた。

終章

丘を仰げば、魚の群れのように旗が翻《ひるがえ》っている。

その色は、右賢王《うけんおう》を示す赤。

「叔父上《おじうえ》は、どこまでもカガンに忠実なお人だな」

馬上で、鎧《よろい》を纏《まと》ったシディヴァが呟《つぶや》いた。彼女の視線の先には、追討軍《ついとうぐん》として派遣されたタルカンの軍勢が広がっている。

自領に戻り、左賢王《さけんおう》追討の命《めい》が下されたことを知ると、シディヴァの行動は速かった。軍勢を引きつれ一気に取って返し、アルスランに向けて進軍した。生き残るためには、そうするしかなかった。

オチルが死ぬか、シディヴァが死ぬかだ。

シディヴァの背後には、左賢王を示す青い旗が波のように広がっていた。

彼女の隣にはユスフと、そして、青嘉《せいか》が並んでいる。

青嘉はシディヴァから、一軍を預けられていた。

この戦《いくさ》に出る前、恐らく雪媛に危害は加えられていないだろう、とシディヴァは語った。

「俺の追討令はあの夜のうちに出されたらしい。雪媛《せつえん》が証言したにしては早すぎる。そこまであっさりと、尋問《じんもん》や拷問《ごうもん》に屈する女ではあるまい。カガンは恐らく、雪媛を別の目的で使うつもりだ」

「別の目的？」

「人質として瑞燕国《ずいえんこく》との取引に使うか、あるいは――自分のものにするか」

今、タルカンの大軍勢を前にして、青嘉は不思議なほど冷静で、体がすっかり冷えていながら、指先の隅々まで思う通りに動く気がした。目の前の軍勢をどう攻め、大将であるタルカンの首を取るか、道筋ははっきりと見えている。

一刻も早く、あの先へ進まなくてはならない。

雪媛のいる場所に。

「――よろしければ、先陣を任せていただけますか？」

「なんだよ青嘉。俺を差し置いて一番槍の手柄を上げる気か？」

青嘉の申し出に、ユスフが冗談めかして言った。

シディヴァは静かに頷《うなず》いた。

「いいだろう。青嘉に任せる」

「ありがとうございます」

「ただし、焦《あせ》るなよ。叔父上は手ごわい」

「はい」

青嘉は剣を握りしめ、自軍のもとへ向かおうと馬の手綱《たづな》を引いた。

「青嘉」

「はい？」

馬の足を止め、青嘉は振り返る。

「雪媛を救い出す機会があれば、ほかのことはすべて忘れろ。あとのことは気にする必要はない。お前の判断で動け。――これはあくまでも、俺の戦いだからな」

シディヴァの漆黒《しっこく》の瞳が、強い光を宿す。

彼女はこの戦で死ぬのだろうか。

その歴史の流れを変える存在に、自分も雪媛もなれはしなかったのか。

「どうか、ご無事で。あなたがいなければ、クルムに未来はありません」

するとシディヴァは、皮肉っぽい笑みを浮かべた。

「強いものが生き、弱いものは消える。それが草原の理《ことわり》だ」

シディヴァは、鞘《さや》から剣を引き抜いた。

「――世界が俺を選ぶかどうかは、問いかけてみるしかない」

その白刃《はくじん》が、強く煌《きら》めく。

風が、草原の緑をうねるように撫でていく。

青嘉は号令をかけた。

馬のいななきとともに剣を抜き、その身を戦場へと躍《おど》らせた。

【前巻までの登場人物】

玉瑛【ぎょくえい】……奴婢の少女。尹族であるがゆえに迫害され命を落とす。

柳雪媛【りゅうせつえん】……死んだはずの玉瑛の意識が入り込んだ人物。

秋海【しゅうかい】……雪媛の母。

芳明【ほうめい】……雪媛の侍女。かつては都一の芸妓だった美女。芸妓であった頃の名は彩虹。

天祐【てんゆう】……芳明の息子。

李尚宇【りしょうう】……代々柳家に仕える家出身の尹族の青年。雪媛の後押しで官吏となった。

金孟【きんもう】……豪商。雪媛によって皇宮との専売取引権を得た。

瑯【ろう】……山の中で鳥や狼たちと暮らしていた青年。雪媛の護衛となる。

柳原許【りゅうげんきょ】……雪媛の父の従兄弟。柳一族の主。

柳弼【りゅうひつ】……雪媛が後宮で寵を得るようになってから成りあがった一族のひとり。

丹子【たんし】……秋海に仕える女。

柳猛虎【りゅうもうこ】……尹族の青年。雪媛の従兄弟にして元婚約者。

鐸昊【たくこう】……柳家に長く仕えた武人。

王青嘉【おうせいか】……武門の家と名高い王家の次男。雪媛の護衛となる。

珠麗【しゅれい】……青嘉の亡き兄の妻。志宝の母。

王志宝【おうしほう】……青嘉の甥。珠麗の息子。

朱江良【しゅこうりょう】……青嘉の従兄弟。皇宮に出仕する文官

文熹富【ぶんきふ】……江良の友人で、吏部尚書の息子。

碧成【へきせい】……瑞燕国の皇太子。のちに皇帝に即位。

昌王【しょうおう】……碧成の異母兄で、先帝の長子。歴戦の将。

阿津王【あつおう】……碧成の異母兄で、先帝の次男。知略に秀でる。

環王【かんおう】……碧成の六つ年下の同母弟。

蘇高易【そこうえき】……瑞燕国の中書令で碧成最大の後ろ盾。碧成を皇帝へと押し上げた人物。

雨菲【うひ】……蘇高易の娘。

唐智鴻【とうちこう】……珠麗の従兄弟。芳明のかつての恋人で、天祐の父親。

薛雀熙【せつじゃくき】……司法機関・大理事の次官、大理小卿。芙蓉に毒を盛った疑惑をかけられた雪媛を詮議した。唐智鴻とは科挙合格者の同期。

独芙蓉【どくふよう】……碧成の側室のひとり。

平隴【へいろう】……碧成と芙蓉の娘。瑞燕国公主。

独護堅【どくごけん】……芙蓉の父。瑞燕国の尚書令。

仁蟬【じんぜん】……独護堅の正妻。魯信の母。

詞陀【しだ】……芙蓉の母で独護堅の第二夫人。もとは独家に雇われた歌妓の一人。

独魯信【どくろしん】……護堅と仁蟬の息子。独家の長男。

独魯格【どくろかく】……護堅と詞陀の息子。独家の次男。

穆潼雲【ぼくどううん】……芙蓉の乳姉弟。もとの歴史では将来将軍となり青嘉を謀殺するはずだった男。

萬夏【ばんか】……潼雲の母親で、芙蓉の乳母。

凜惇【りんとん】……潼雲の妹。

曹婕妤【そうしょうよ】……碧成の側室。芙蓉派の一人。

許美人【きょびじん】……碧成の側室。芙蓉派の一人。

安純霞【あんじゅんか】……碧成の最初の皇后。

安得泉【あんとくせん】……純霞の父。没落した旧名家の当主。

安梅儀【あんばいぎ】……純霞の姉。

葉永祥【ようえいしょう】……弱冠十七歳にして史上最年少で科挙に合格した天才。純霞の幼馴染み。

愛珍【あいちん】……純霞と永祥の娘。

浣紹【かんりょ】……純霞の侍女。

司飛蓮【しひれん】……司家の長男。

司飛龍【しひりゅう】……飛蓮の双子の弟。兄の身代わりとなって処刑された。

司胤闕【しいんけつ】……飛蓮と飛龍の父。朝廷の高官だったが、冤罪で流刑に処され病死した。

曲律真【きょくりっしん】……豪商・曲家の一人息子。飛蓮の友人。

京【きょう】……律真の母。唐智鴻の姉。

呉月怜【ごげつれい】……美麗な女形役者。司飛蓮の仮の姿。

夏柏林【かはくりん】……月怜がいる一座の衣装係の少年。

呂檀【りょだん】……年若い女形役者。飛蓮を目障りに思っている。

黄楊殷【おうよういん】……もとの歴史で玉瑛の所有者だった、胡州を治める貴族。

黄楊慶【おうようけい】……楊殷の息子。眉目秀麗な青年。

黄花凰【おうかおう】……楊殷の娘。楊慶の妹。
黄楊戒【おうようかい】……黄楊殷の父親。
円恵【えんけい】……楊戒の妻。楊殷の母。
黄楊才【おうようさい】……楊戒の弟。息子は楊炎《ようえん》。

洪【こう】将軍……青嘉の父の長年の親友。
洪光庭【こうこうてい】……洪将軍の息子。青嘉とは昔からの顔馴染み。

周才人【しゅうさいじん】……後宮に入って間もない、年若い妃の一人。
濤花【とうか】……妓楼の妓女。江良の顔馴染み。
玄桃【げんとう】……妓楼の妓女。江良の顔馴染み。

陳眉娘【ちんびじょう】……反州に流刑にされた雪媛の身の回りの世話をした少女。
姜燗流【きょうかんる】……反州に流刑にされた雪媛を監視していた兵士。
嬌嬌【きょうきょう】……眉娘の従姉妹。

白柔蕾【はくじゅうらい】……後宮の妃のひとり。後宮入りしたばかりの雪媛の隣部屋に暮らす。位は才人。

白冠希【はくかんき】……柔蕾の弟。

富豆冰【ふとうひょう】……後宮の妃のひとり。父親の地位をかさに高慢なところがある。位は美人。

鷗頌【おうしょう】……後宮入りしたばかりの雪媛に仕えた宮女。

美貴妃／風淑妃／佟徳妃／路賢妃……雪媛が後宮入りしたばかりの頃、皇后に次ぐ位につき後宮で絶大な権力を握っていた四妃。

シディヴァ……瑞燕国北方を支配する遊牧民クルムの左賢王（皇太子）。

ユスフ……シディヴァの右腕であり夫。

オチル……クルムのカガン（皇帝）。シディヴァの父。

ツェツェグ……オチルの妃。シディヴァの異母弟アルトゥの母。

アルトゥ……シディヴァの異母弟。

タルカン……クルムの右賢王。オチルの弟。

ナスリーン……オアシス都市タンギラの王女。自称シディヴァの妻。

イマンガリ……オアシス都市タンギラの王。ナスリーンの父。
ツェレン……シディヴァに仕える巫覡。
バル……シディヴァ親衛隊所属の腕利き。
ムンバト……シディヴァ親衛隊の見習いの少年。
バータル……クルムの部族長のひとり。早くからシディヴァ支持を表明している。

※この作品はフィクションです。実在の人物・団体・事件などにはいっさい関係ありません。

集英社オレンジ文庫をお買い上げいただき、ありがとうございます。
ご意見・ご感想をお待ちしております。

●あて先
〒101-8050　東京都千代田区一ツ橋2-5-10
集英社オレンジ文庫編集部 気付
白洲　梓先生

集英社
オレンジ文庫

威風堂々悪女 10

2022年7月25日　第1刷発行

著者　白洲　梓
発行者　北畠輝幸
発行所　株式会社集英社
〒101-8050東京都千代田区一ツ橋2-5-10
電話【編集部】03-3230-6352
【読者係】03-3230-6080
【販売部】03-3230-6393（書店専用）
印刷所　大日本印刷株式会社

ISBN 978-4-08-680456-1 C0193

悪女
【漫画】蔀シャロン
【原作】白洲梓
雪媛が、
改めて歓迎する
王青嘉
私が
柳雪媛だ
青嘉が、
どうして
こうなるんだ…
ここは足場が
悪いからな
適当に
寺まで歩け
で好評配信中！

漫画版
威風堂々
命を燃やし、運命へ抗う――!
この傷は後の戦《いくさ》で
敵将との一騎打ちでできるはずの傷だ――
――すべてを――
すべてを変えることができるのかもしれない――
電子レーベル「ココロマンス」より
各電子書店

集英社オレンジ文庫

柳井はづき

花は愛しき死者たちのために

黒ずくめの男が運ぶ硝子の棺には、
決して朽ちることのない少女エリスの
遺体が納められている。時代や国を
問わず、彼女の永遠性と美しさに
魅せられた者たちは、
静かに破滅へと向かっていく…。